"삶에서 가장 두려운 것이 지루함이고
지루함을 피하는 것이 인생의 과업이다."

_앤 카슨

Red Doc>

레드닥>

앤 카슨 지음 • 민승남 옮김

한겨레출판

일러두기

저자 주는 *로, 역자 주는 •로 표기했다.

무작위자*를 위하여

* ramdomizer – 즉 무작위로 행하는 자를 의미하며 앤 카슨의 남편 로버트 커리의
별명이라고 함.

다시 시도하라. 다시 실패하라. 더 멋지게 실패하라.

—사뮈엘 베케트, 《최악을 향하여 Worstward Ho》

잘 생긴 애였지 안 그러니 / 그래요 / 금발에 /

그래요 / 어렴풋이
기억이 나 / 엄마는 그를
좋아하지 않았어요 /
좀 반항아였지 / 엄마가
그렇게 말했죠 / 그 애는
졸업식에서 도마뱀가죽
바지를 입고

진주 목걸이를 했어 / 엄마는 그때 그걸 찬양했어요
/ 좋은 진주였으니까 / 엄마는 그
애를 보니 엄마

친구 밀드레드가 생각난다고 말했어요 / 밀드레드는
내가 아는 모든 걸 가르쳐줬지 나
한테 남을 즐겁게 해주는 법을 가
르쳐줬어 / 그 친구가

그립겠네요 / 밀드레드의 마티니가 그립구나 〔담배
를 비벼 끈다〕 그래 지금 그 애는
뭐 해 / 제대한 지 얼마 안 됐어요
/ 부상당했군 /

망가졌어요 / 그들이 보살펴주고 있는 거니 / 어떤

남자가 밤마다 약이 든 안전봉투
를 들고 나타나는데 아마

그게 보살피는 걸 거예요 / 너랑 같이 사는구나 /
당분간요 / 점잖게 구니 / 어떤 날
은 얌전히 앉아서 크리스티나 로
제티를

읽고 어떤 날은 화장실에서 위장용 페인트를 잔뜩
칠하고 나와요 / 네 소 떼 가까이

접근하지 못하게 해 / 제가 프루스트 끝냈다는 얘기
했나요 / 오 그래 / 7년 걸렸어요
/ 네 뒤에 있는 그 성냥 좀 줄래 /
그걸 매일 읽는 건 / 고맙다 / 무
의식을 추가로 하나 더 갖는 것 같
았어요 / 글쎄 난

그런 여러 권으로 된 건 안 좋아해 / 거기에
그가 레오니 고모를 수련과 비교
하는 부분이 나와요 /

그녀가 수영 선수구나 / 아뇨 그녀는 신경쇠약 환자
예요 / 난 이해가 안 되는구나 /

그녀는 늙고 신경과민이고 방 하

나에서 자신의 일련의

습관들과 알약과 고통에 갇혀 살며 창밖을 염탐해요

/ 흐음 / 물살에 휩쓸린 수련이 라

고

그는 말해요 / 나는 프루스트의 진가를 알기엔

너무 늦은 걸까 도서관에 있는 렌

데이튼* 책들을 다 읽어서

난감한데 / 매년 수백 명의 사람들이 그의 집을

방문하고 어떤 사람들은 눈물을

터뜨리죠 / 렌

데이튼 / 아뇨 프루스트요 / 있잖아 우리가 차 몰고

가다가 사고 났던 때 기억 나 / 언

제요 / 어디였는지 잊었는데 운전

을 한 건 나였고 아니 네가 운전하

고 있었고 나는 창밖을 내다보고

있었는데 갑자기 사슴 한 마리가

차도로

뛰어드는 걸 본 것 같아서 움찔했는데 다음 순간

* 렌 데이튼Len Deighton – 영국의 스릴러 작가.

그게 진짜가 아니라 잔디밭의 나
무로 된 장식품인 걸 깨닫고

저 나무 사슴 조심해라 하고 내가 너무 크게
소리치는 바람에 넌 도로를 벗어
나 어느 집 산울타리를 부수고 들
어갔고

눈물을 터뜨렸지 〔그녀가 웃는다 그도 웃는다〕 /
눈물 얘기가 나왔으니 말인데 /
들어봐 〔담배 한 개비를 꺼낸다〕 바
람 소리 / 폭풍우가 오고 있어요 /
아니면 자동차 소린가 / 바람 소
리 같아요 / 북풍의 소리처럼 들
리는구나 / 엄마 수술 날짜는 언
제로

잡혔어요 / 25일 / 제가 함께 가줬으면 좋겠어요 /
아니다 얘야 / 그래도 혹시 마음
이 바뀌면 / 나는 마음

안 바뀐다 / 전 쉽게 바뀌죠 / 어쨌든 고맙구나 /
그럼 / 〔낱말 맞추기 하던 걸 흘끗
내려다본다〕 난 괜찮을 거야 / 그럼

이만 / 너 갈 시간이 됐구나 / 주
말에 전화할게요 / 사과 몇 개 가
져가렴 네가 좋아하는 거야

명석한 아내

우리가 입장한다 우리가 너희에게 말한다

우리는 명석한 아내

이 시점에서 너희는 불평할 근거가 거의 없다 우리는 말한다

날개를 펼치는 빨강 남자 그것으로 시작되며 그다음에 조명

등장하거나 퇴장하거나 무대가

돌거나 하나의 연극 같다 *옴네스**

그들의 자리로

하지만

기억하라

다음 얼굴들을

빨강 얼굴(G)

너희가 이미 아는(그는 머리에 무슨 짓을 한 거지) 그의 옛 친구

새드

벗 그레이트**

친절해 보이는

조심하라

세 번째 이다(Ida) 이다는 무한하고 곧 우리의 왕이 될 것이다

장면은

G가 혼자 사는 빨강 작은 오두막

시간

저녁

* omnes - 라틴어로 모든 사람들이란 뜻.
** Sad But Great - 슬프지만 위대한.

화 무슨 이유로

TV에 나오는 사람들은 전부 늘 화를 낼까. 그는 TV를 끄고 플러그를 뺀다. TV를 들고 지하도로 가는데 사슴 한 마리가 튀어나온다. 모든 것이 마치 응축된 것처럼 멈춘다. 거친 딱 소리가 처음엔 머리 위 새들 속에 있다가 내려오고 사슴이 마치 바위가 재채기하듯 네 번 그 소리를 낸다. G가 움직인다 사슴은 잔물결을 일으키며 안개와 밤 속으로 사라진다. 그는 서서 귀 기울인다. 지하도에서 볼륨과 에코가 똑똑 떨어진다. 그는 좁은 선반 위에 TV를 올려놓고 균형을 맞춘다. 뒤에서 자갈이 움직인다. 아마도 사슴이리라.

사슴이 아니라 그녀가 각목으로 그를 후려친다 그는 쓰러진다 가련한 양귀비 줄기가 기묘하게 옆으로 구부러진다. 내 은신처를 노리는 줄 알았지 그녀가 말한다. 그는 그렇게 이다를 만났다. 이튿날 아침에 깨어나보니 사슴 소리가 아직도 귓속에 얼얼하게 남아 있다. 그녀가 그를 환한 불과 희고 산뜻한 바닥으로 데려왔다. 어딘가에서 지하도 차 소리가 요란하다. 그녀는 벽 근처에. 그녀의 손은 그의 이마 위에. 또다시 자유의 동이 텄군 그녀가 두통 위에 천을 올리며 말한다 오. 식초 냄새. 직각이라고 그는 생각한다. 고마워. 고맙다고 말해. 그의 뇌 안에서 질책의 바큇살들이 돈다 그래서 그는 가만히 누워 잎사귀 없는 나무와 그 나무의 가지들 사이로 아무런 방해물 없이 떨어지는 빛의 꿈을 꾼다 그가 전에 꾸었던 꿈이다. 사월의 꿈.

절대로라고 그녀는 G와 형의 아버지가 죽은 후 그들에게 말했다. 난 절대로 너희들 누구와도 살고 싶지 않아. 너희들이 찾아오기 어려운 데로 떠날 거야. 그리고 그렇게 했다. 그녀는 담뱃재를 턴다. 그들은 부엌 식탁에 있다. 같은 부엌은 아니지만 그가 학교 숙제를 하던 그 낡은 노랑 포마이카 식탁이다. 영국 왕들에 대해 배우던 5학년 그녀는 매일 회색빛 아침에 재떨이를 들고 빨강 벨루어 목욕 가운을 입고서 그의 옆에 앉아 목록을 점검했다. 왕들과 아침들이 그의 마음속에서 〈왈가닥 루시〉의 장면들과 뒤섞인다 목욕 가운 때문일 수도 있고 벽감에 있는 식탁 때문일 수도 있다. 그녀가 원예 모임에 대해 이야기하고 있다. 라일락 가지치기 그녀의. 물리치료 죽은 사람들 그가 그녀에게 자신의 옛 친구가 돌아왔고 새 이름을 가졌다고 말한다. 그들은 이름들에 대해 논한다. 그녀가 신문을 펼쳐놓고 고민상담란 편지들을 읽는다 *나는 지적인 거인입니다* 편지 하나가 그렇게 시작된다. 그들은 웃는다. 엄마와 함께 웃는 것. 호수에서 나와 커다란 타월과 엄마 품으로 들어가는 것. 그들이 늘 쉽게 대화할 수 있었던 건 아니다. 그는 나이가 들면 나아질 거라고 생각했는데 최근 그녀는 한층 더 그를 지겨워하는 듯하다. 평소보다도. 그는 그녀의 얼굴을 바라본다. 세부는 피한다. 그저 떠돌기 위해 마음에 떠오르는 걸 그냥 말하는 것. 가끔 그런 일이 일어난다.

개나리는 안 돼

그는 소 떼가 개나리를 먹지 못하게 하지만
소들이 그 타는 듯한 노랑 속에 있
기를 좋아한다는 걸 안다. 그는 서
있다 소들은 풀을 뜯는다 그는 지
켜본다. 이다도 지켜본다. 그녀는
그를 혼란스럽게 한다 그는 자신
을 혼란스럽게 한다. 그녀의 낡은
격자무늬 스포츠코트 재앙과 친
한 그의 성향. 그녀는 순수하다 무
척이나 거칠고 실험적인 아기처
럼 기분에 따라 산다. 그녀는 무릎
위에 스케치북을 펼쳐놓았다. 소
떼 사이에서 무지갯빛 도는 거무
스름한 가죽이 상어처럼 초록빛
으로 반짝인다. 하나뿐인 흰색 소
(이오)가 우상처럼 빛난다 이다가
제일 좋아하는 소다. 그녀는 자신
의 그림을 본다 다시 이오를 본다
스케치북을 풀 위에 내려놓는다.
소들한테서 냄새가 나 그녀가 말
한다. 그래서 이름이 사향소지 그
가 말한다 무릎 근처 분비선에 있
어. 뭐가? 사향. 어떤 사람들은 그

걸 싫어하지 그가 말한다. 너 사향
소가 무릎을 향해 고개를 숙이는
걸 보면 도망쳐 공격할 거니까 하
지만 이다는 더 이상 듣고 있지 않
다. 소들이 천천히 움직인다. 소들
은 거대한 이마를 숙이고 긴 털이
발목을 스치는 가운데 아주 조금
씩 옆으로 움직이며 잡초들 사이
의 거친 틈새를 씹는다. 머리마다
달린 두 개의 뿔이 마치 소년이 피
아노를 치기 전에 연주회가 끝날
때까지 머리칼이 고정되어 있기
를 바라며 물을 바른 것처럼 단정
하게 갈라져 있다. G는 희미한 미
소를 짓는다. 그들은 내려다보고
있다 그는 그들이 꾸준히 아래쪽
에 주의를 기울이면서도 다른 모
든 것들을 지켜보고 있는 것이 좋
다. 사향소는 사방으로 310도까
지 볼 수 있다. 고양이들처럼이라
고 그는 생각한다. 고양이들처럼
이라고 이다가 말한다. 뭐가? 그
리기 쉬운 것처럼 보이는데 너무
나도 진짜 같지가 않아. 아 그가

말한다. 난 그게 싫지 않아 그녀가
말하지만 G는 이제 얼굴을 찌푸
리고 있다. 그의 등에서 날개가 솟
아오르고 있고 그는 그 이유를 알
고 싶다.

커다란 금빛 사자 머리가 천천히 달려온다. 군복 바지 벗은 가슴이 이다를 아슬아슬하게 비켜서 배 끄는 길을 달려간다. 그녀가 소리를 지르고 폴짝 뛴다. 달아오른다. 그녀는 재빨리 이오 등에 올라탄다. 잠깐만 기다려 G가 말한다. 이다가 이오의 옆구리를 차며 그 거대한 흰 덩치가 움직이도록 재촉한다. 이오는 움직이지 않는다. 거대한 머리를 휘두르며 또 뭐야? 하다가 이다의 의기양양한 발이 달랑거리는 걸 본다 이 각다귀가 자신을 괴롭히고 있다는 걸 믿기 어렵다. 내부의 스위치 하나가 탁 켜진다. 그녀는 유연하게 성큼성큼 걷도록 만들어진 짐승이다. 이제 긴 골반 근육들이 준비를 갖추고 관절이 헐거운 거대한 어깨가 앞으로 미끄러지며 움직인다. *나는 흰 소를 타고 업타운으로 가며 내가 어떻게 섞이는지 본다!* 이다는 뒤에 대고 외치고서 양쪽 무릎을 귀밑으로 밀어 넣는 재치를 보

인다. G는 배 끄는 길에서 사람들
이 옆으로 얼른 피하는 걸 지켜보
며 서 있다. 이다 이상의 무언가가
그의 통제를 벗어났다.

오랫동안 잊고 있던 사랑의
충격 그 소년 그 남자 그는 그를
안다. 알았었다. 그 사자 머리 그
슬그머니 도망침 그 헤픔이 너로
하여금 모든 문으로 너의 영혼을
던지고 싶게 만들었다. 기억이 모
든 걸 뒤로 빨아들인다. 손들과 손
들을 둘 데가 없는 것 마지막 아침
나중에야 우리의 마지막임을 깨
달은. 내 것 가져가. 젠장. 타일 바
닥 여행 가방 피 흘리며 서 있는
아니 괜찮아 받아. 아니. 받아. 가
느다란 빨강 핏자국 아니. 받아.
네 코가 그가 말한다. 내 흰 피부
가져가 그래 가져가 나의 놀라운
아침 괜찮아. 피 나 그가 말한다.
다른 사람. 마지막. 아니. 받아. 아
니. 가져가. 내 손수건. 괜찮아. 그
가 그렇다면 어쩌지. 네가 탈 택시
가 왔어. 누가 이걸 말하지. 너의
빨강글씨 뇌 네가 고투하며 오래
전에 잃어버린 말장난들을 체로
치듯 걸러내자 소음이 빗발친다
세포마다 그 작은 미토콘드리아

자루 위에서 격렬하게 진동한다. 거기 순수한 에너지가 있다. 기억은 사람의 진을 뺀다. G는 땅바닥에 앉는다. 그 남자는 한때 그의 산소였다. 그가 떠나자 산소도 없었다. 하지만 세포의 죽음은 좋은 결과를 낳을 수도 있다. 인간 태아의 발달에서 손가락과 발가락의 분리는 이곳 세포들의 소멸로 생긴다. 우리 모두 삶에서 분리된 손발가락을 유용하게 쓰지만 그러다가도 (프루스트처럼) 낡은 장갑한 짝을 발견하고 눈물을 터뜨린다. G는 프루스트를 생각하며 운다. 소들이 조용히 그의 주위로 모여든다.

명석한 아내

바닥에 엎드린다

트럭이 방귀를 뀌면

경유

냄새 혹은 5월의 비를 견딜 수 없다 너희는 본 적이 있는가

그들의 명령은 아이들을 살육하는 것 아무도

형상을 한 돼지를 돼지를 쓰러뜨려라 피 흘리게 *하라* 그는

돼지를 피 흘리게 할*까*

남지 않았다 그런 저녁에 너의 해거름 피 흘리는 안의 약들

그것들은

죽음과 함께 온다 안전봉투 안에 피 흘리는

그가 말했다 달콤한

벌꿀술 *나는 그래야만 해*

그 고통 그 칼날들 그 말(馬)들 여린 아이들

조각하는

바이코딘 메타돈 팍실 큰 X자를

마셨다

해거름에서 나와 그의 배를 가로질러

잘라내

달콤함을

고통을

대기실에서 TV가

왕왕거린다 그가 들어간다 그녀가 앉아 있다. 그는 그걸 기억하지 못한다 그녀는 늘 기억할 것이다. 그는 간호사가 복도를 걸어 내려오는 걸 보지 못한다 그녀는 본다. 그는 다른 사람이 층층이 쌓인 트레이들이 주사기들이 모퉁이를 돌아오는 걸 알지 못하고 그 간호사도 마찬가지고 그들은 충돌한다. 트레이들이 주사기들이 날아간다 부딪친다 그녀는 생각한다 오 안 돼. 그는 쭈그린 자세로 바닥에 넘어진다 그녀의 심장이 빠르게 뛴다. 그의 너덜너덜한 시선이 사방으로 쏟아진다 불끈 쥔 주먹 땀으로 번들거리는 목 그녀의 시선 그의 몸 전체에서 공포가 요동치다가 멈춘다. 둘 다 얼굴을 붉힌다. 그는 웃으며 일어선다 그녀는 외면한다. 그는 오줌을 지릴 정도로 웃었다 그녀는 자신의 그림으로 고개를 숙인다. *외로운 남자 같군.*

당신 화요일 진료죠 나처럼 /
그럴 거예요 / 늘 그 책에 뭘 쓰고
있군요 / 쓰는 게 아니라 그리는
거예요 / 뭐 그려요 / 나의 밝은

면 / 이름 있어요 / 이다 / 난 새드
/ 왜요 / 그게 아니라 이름이 새
드 벗 그레이트 대문자 S 대문자 B
대문자 G 사람들은 나를

새드라고 불러요 / 토속적인 이름
이네요 / 군대 / 군대에서 특정한
이름을 갖게 하는군요 / 특정한
모든 걸

갖게 하죠 / 어떻게요 / 명령으로
/ 하지만 이름은 운명이에요 그것
에 대해서는 명령에 따를 수 없어
요 / 아뇨 / 아뇨 / 그럼 이다는

무슨 뜻이죠 운명적으로 / 이다는
*아이디어*를 뜻해요 / 누가 그래요
/ 그리스 사람 그가 이다는 자신
의 마음속을 보는 법을

뜻하는 단어라고 했어요 / 젠장 /
핵심은 그거예요 / 그럼 나를 봐
요 이다 당신 마음속에서 뭐가 보
여요 / 당신 한가운데에 난 구멍
이 보여요

그들은 그날

더 이상 얘기하지 않는다.

그러니까 그들이 빨강이라고요 / 아뇨 / 그가

빨강인가요 / 그래요 / 날개 / 그
래요 / 나 이 친구 알아요 / 군대
에서 / 〔웃는다〕 / 뭐가 웃겨요 /
군에 있는 그를

생각하니 / 당신은 왜 입대했죠 /
아 사람들이 나를 보내버리는 게
낫겠다고 생각했거든요 / 보내버
린다 / 내가 장난을 치기 시작했
거든요 / 사람들

누구요 / 아빠 / 무슨 장난요 / 이
거 인터뷰인가요 / 난 모든 걸 확
실히 매듭짓는 걸 좋아해요 / 이
런 거네요 이다 우리는

여기 앉아서 매듭을 짓거나 아니
면 똥을 휘저으러 가거나 / 똥이
라면 어떤 / 그가 소 떼를 어디 둔
다고 했죠 / 저 아래 고가도로 옆
/ 음 그럼 이만

황혼이 깊어지게 하라. 문제가 돼. 그 여름에 그녀가 그에게 해준 한 가지 유익한 말 그 남자를 네 삶 안에 두건 밖으로 내보내건 문제가 돼. 그건 부사인가. 어머니가 말하게 하라 소년이 말하게 하라. 안. 밖. 여러 해 전. 그 모든 사랑스러운 존재들. 밖 어디.

명석한 아내

이다의 아이디어는 아니지만 그렇더라도
그녀의 새 두 친구들을 소개한다 하나는
고독한 목자 다른 하나는
전쟁으로
망가진 사람 하지만
그녀는 그 작은 빨강 문에 이르러 &
두 남자가 *너!*라고 말하는 걸 듣는
즉시 깨달았다 그건 동시에
그녀가 군더더기임을 강조하는 말
그녀는 외쳤다 *빌어먹을*
털양말 속 쥐처럼 덥네 그리고
사라졌다 *즉석에서*

전형적인 밤의 소몰이 노래들이 질주한다 그 리듬과 사랑 이야기. G는 대개 밤에 소 떼에게 노래를 불러주지 않는다. 소 떼 사이에 서서 듣는 그들에게 말한다. 듣는. 그 공동체. 낮은 자줏빛 듣기 하지만 소리에 닿는 높이. 듣는 그들. 그들은 그것을 위로 그리고 밖으로 향하게 한다. 그들은 가운데(가운데에는 송아지들)를 외면한 채 둥글게 서고 길게 늘어진 보호털이 소나무처럼 그들의 발목을 스친다. 여왕들 같다. 소나무를 입은 여왕들 같다. 사향소는 사실 소가 아니다 거세된 수소가 아니고 사향을 분비하지도 않는다. 현재 우리가 세상을 파악하는 방식에는 잘못된 명칭이 많다. 하지만 소나무들은 하늘부터 땅까지 너무도 장엄하고 고풍스럽게 흔들릴 때 늘 진짜로 여왕 같다. 움직임은 듣기의 일부. 밤이 깊어가는 동안 그가 거기 몇 시간 동안 있는다면 움직임이 변한다. 그들은 처음엔 그 어떤 거대한 존재가 멈출 때와 마찬가지로 살짝 진저리를 치다가 점차적으로 장엄하게 흔들리기 시작한다. 그러다가 둥글게 선 형상에서 형상으로 마치 하나의 리듬처럼 흔들림이 전달된다 진폭이 커지고 온기가 무릎에서 심장으로 눈으로 올라간다 압력이 크고 헐거운 어깨 관절을 가로질러 기다란 엉덩이뼈로 내려가다가 이윽고 어떤 지점에서 하나의 완벽한 경구처럼 단순한 표현으로 그들 중 하나가 몸체를 빙그르르 360도 회전하여 제자리로 돌아온다. 다른 소들이 이룬 파도 속으로 비집고 들어간다 유혹이 *나는 다른 건 다 거부할 수 있어*로 들어가듯 확고하게. 그는 생각에서 생각으로 미끄러지듯 움직인다. 거치른 거친 야생이 확실히 그의 마음을 끈다 그것에 대해 많이 알진 못하지만.(소들에 대해서는) 버드나무순보다는 가시금작화를 더 좋아하고 걸을 때 발을 꼬아

상체가 무거운 몸의 균형을 유지한다는 걸 안다. 반면 새드에 대해 그가 아는 건 전쟁놀이는 언급하지 말자. 전쟁놀이 재밌는 말이다. 전쟁이나 전투라고는 절대 말하지 않는다. 나는 전쟁놀이를 많이 봤지 그는 그렇게 말한다. 당시엔 전쟁놀이가 내게 펌프질을 했지. 창의 촉.* 내부의 스위치. 그녀는 땅에 엎드렸어 75 흰 봉지를 봤어 75발의 총알들이 그녀의 머리를 박살 냈어 나는 그녀의 손을 봤어. 나는 집에 돌아와서 아무에게도 그 얘기를 하지 않을 작정이었지. 오 그게 스스로 나와버렸어 수면으로 올라왔어. 난 집에 돌아왔을 때 피부가 그을어 있었고 부상도 상처도 없었지. 모두들 내게 키스했어. 물론 난 불가에 앉아서 아버지와 얘기했지. 냄새들이 있었어. 속에 있는 뼈. 아침 식사 때 나는 땀이 났어. 난 집에 올 거라는 생각을 안 했었지 그건 계획에 없었어. 아마도 어느 시점에서 뇌세

* Tip of the spear – 선봉에 서서 침투 공격하는 미군 돌격부대.

포들이 멈춰버린 것 같아. 군사 매뉴얼 백 개를 읽어도 죽이라는 말은 안 나와 죽이도록 교묘하게 인도하지. 극복해라 괜찮다. 그래야만 한다. 두려움은 용인되지 않는다. 너를 도로 데리고 나가서 쏴버려 그들은 말한다. 그녀의 안경이 풀밭에. 표준 설문. 괜찮다 괜찮다고 말한다. 스스로를 마비시킨다. 철테. 처음에는 기분이 좋은가 그렇다. 놀이. 총들. 불. 동물들. 알다시피 카르타고인들은 야간전투에서 소들을 이용하는 걸 좋아했다. 나는 지금 한니발에 대한 이야기를 하고 있는 거다 나는 지금 기원전 217년 아게르 팔레르누스의 전투에 대한 이야기를 하고 있는 거다. 탱크 같으면서도 더 무시무시했다. 그들은 소들의 뿔에 횃불을 묶고 적진을 향해 우르르 몰려가게 했다. 로마군은 패닉에 빠졌다 일부는 소 떼 사이로 달려들어갔다 일부는 길 아래 바위들로 떨어졌다 나머지는 후퇴하려다가 툰드라에서 길을 잃고 다시는 보이지 않았다. 하지만 내가 묻고 싶은 건 횃불이 뿔까지 털까지 머리까지 속에 있는 뼈까지 타 들어가면 어떻게 되느냐는 것이다. 정말이지 인간의 잔인성은 아주 우발적이다 아주 무뇌적이다. 상식이라곤 없다. 인간들의 상식 전부를 손에 넣을 수 있다면 그걸 손바닥에 올려놓고도 *네 페니스를 쥘 공간이 남을 것이다.*

그것이 그녀를 밑바닥으로부터 밀어 올린다. 느린 어둠의 유동체들이 서로 다른 속도로 서로를 미끄러지듯 스쳐 지나간다. 빛 그녀는 무시한다. 깨어남은 점진적인 어둠의 선(線)들이 소리들이 되는 것이다. 그것들이 정렬한다. 그 전에 매일 공포의 순간이 일어난다 그녀는 매일 잊는다. 메마른 작은 소리는 새의 목뼈들이 노래하기 위해 자리를 잡는 것이다. 새의 눈이 뜨이고 커진다. 눈이 더 큰 새들이 먼저 노래한다. 시끄럽다 매일 이걸 듣는다 매일 잊는다. 지나가는 뱀이 갈라진다. 강 위로 불어오며 모든 키 큰 것들을 흔들고 바람개비처럼 돌리는 바람 속에서 빨강들이 구름들을 뛰어넘고 막(膜)이 갈라진다. 열린다. 하늘은 완벽하다. 완벽은 둥글게 들린다. 좋은 아침 좋은 이오. 새가 둥글고 둥근 것 속으로 음을 떨어뜨리고 음은 세상의 벽을 빙글빙글 돌다가 멈춘다. 그 멈춤들 후에는 틈이 있다 그녀는 귀를 기울인다 누군가가 *탁 탁 탁* 소리를 내며 온다 *탁 탁*이 느려지더니 주시하고 주저하다가 *탁 탁 탁* 소리를 내며 지나간다. 이 시간에 누군가는 고집하고 누군가는 주저하리라. 하늘은 완벽하고 모든 시선들은 젖어 있고 새가 또 하나의 음을 둥글고 둥근 것 속으로 떨어뜨린다. 냉정하게 매일 잊는다 이것만 빼고 다 잊는다 이것과 겨울의 차이 그녀는 그것 겨울을 갈망할까. 깨어남이 있는 곳. 그녀의 둘로 갈라진 발굽이 얼음에서 따각거리고 영하 23도 기온에 동맥의 피가 바삭바삭해지는 곳은 그녀에게 하나의 영광이다. 겨울은 존재하고 늘 멀리 있다. 깨어나라.

여보세요 여보세요 / 새드 벗 그레이트 중사 좀
바꿔주세요 / 밤이 늦었는
데 전화 거신 분은

누구신가요 / 맥헤크 중위입니다
/ 미안하지만 누구신지 / 새드 중
사의 전사 이행팀*입니다 / 팀이
군요 /

작은 팀입니다 / 매일 저녁 약을
가지고 오는 분이군요 / 아뇨 우
리 팀은 향정신제를 쓰지 않습니
다 / 그럼

뭘 하는데요 / 이야기 / 그게 그에
게 도움이 되나요 / 그 질문에 대
답하기 위해서는 한 가지 테스트
가 필요합니다 / 무슨 테스트요 /
그가 어제 자신을 쐈나요 /

아뇨 / 오늘 자신을 쐈나요 / 아뇨
/ 그럼 도움이 되는 겁니다 / 무슨
말씀인지 알겠네요 / 어떻게 이
야기하는가 어떻게 이야기하도록

---

* warrior transition team – 부상병이 복귀나 전역을 앞두고 치료 및 재활을 받
는 팀.

허용되는가가

행복한가 아닌가의 대부분을 차
지하죠 / 당신이 어디 억양을 쓰
고 있는지 모르겠네요 어디 출신
이신가요 / 당신은 들어본 적이
없는 곳 머나먼 북쪽 너무 먼 북쪽
이라 남쪽이지요 [웃는다] / 영어
를 잘하시네요 / BBC 덕이죠 / 정
말인가요 / 정말이에요 올 나잇

라디오 / 감동받았어요 / 난 영리
한 노력가예요 / 새드에 대해 어
떻게 생각하시나요 / 말할 수 없
어요 / 아 / 그의 머리 뒤에서는 /

알겠어요 / 비유는 어때요 / 좋아요 / 만일 어떤
사람이 도랑처럼 망가지면 그에
게 더 이상 손을 썻지

마라 / 다시 말해주세요 / 번역이 엉터리라 미안해요 /
뭘 번역한 거죠 / 옛 속담 / 아 /
그럼 / 당신에게 전화 왔었다고
그에게 전하겠습니다 / 그에게 전

해주세요

*바다 밑바닥에는 전혀 움직임이
없는 물의 층이 있다 어젯밤에*
BBC*에서 들었어요 내겐 신선한
이야기였어요 / 좋아요 그러죠 /
안녕히*

명석한 아내

그들은 황금잔에 든 반짝이는 벌꿀술을 마셨다

그들은 반짝이는 벌꿀술을 마셨다 그의 비명을 억누르기 위해

그들은 반짝이는 벌꿀술을 마셨다 무슨 종류의 칼

그들은 반짝이는 벌꿀술을 마셨다 그의 엉덩이 사이

그들은 반짝이는 벌꿀술을 마셨다는 누군가가 노래하는 멜로디

였다

너희는 사람의 형상을 한

돼지를 본 적이 있는가

죽도록 떨었다

그리고 너는 계속했다

이빨 그것이

박살 났다 혀

그것이 찢어졌다

너는 반짝이는 벌꿀술을 마시고 반짝이는 벌꿀술 다음에는

해거름을

마셨다

때려 부순다 이 말이 그는 지나치게 극적이라고 생각했는데 바람이 집을 뜯어낸다 집인지 뭔지 그것이 깨어나고 있는 듯하다. 작은 꿈들과 마을의 죄들의 격류로부터 정북(正北)으로 그의 만신창이가 된 침대를 가로질러 세상을 *때려 부수고* 있다. 벌거벗은 남자가 현실의 상태에서 소파에 큰대자로 누워 있다. 도와줘 G는 그렇게 외치며 경첩에 묶여 날뛰는 커다란 이중창을 붙잡으려고 달려간다. 눈과 얼음이 짤그락거리며 들어온다. 새드가 잠결에 신음 소리를 낸다. 쇠창살 하나를 창문의 두 개의 고리에 끼워야 한다. G는 완력으로 그걸 제자리에 끼우다가 갑작스럽게 소 떼 생각이 나서 패닉에 빠진다. 날마다 맨 먼저 하는 일이 소들의 수를 세는 것이다. 하지만 소 떼는 다른 아침에 백 마일 떨어진 곳에 있다 볼로미터적* 존재 감이 올라오는 가죽들 그는 그 가죽들을 만지고 싶은 마음이 간

---

* 볼로미터 - 방사 에너지를 측정하는 기구.

절하다. 이오는 그의 겨드랑이로
뿔을 밀어 넣고 그가 그 크고 단단
하고 털로 덮인 이마를 쓰다듬을
수 있게 할 것이다. 새드가 몸부림
치다가 소파에서 떨어진다. *젠장.*
낮이 눈부시게 열린다.

또 다른 마을이 어이없게 바람에
게 얻어 맞는다 어디인지는 상관
없다. 마을들은 다 똑같고 밤은 그
들이 북쪽으로 갈수록 포착하기
가 더 어려워진다. 새드의 규칙
들. 밤에 운전한다. 낮에 잔다. 늘
북쪽으로. 나무도 없고 덤불도 없
고 방벽도 없고 가장자리나 척도
도 없이 쓸어버릴 곳을 쓸어버리
고 파괴할 것을 파괴하는 거대하
고 평평한 손뿐. 내가 왜 프루스트
를 안 가져왔을까. G는 테이블에
머리를 올린다 머리가 테이블 속
으로 가라앉는다.

작은 지퍼가 지이익 그의 나선형 귓바퀴를 따라 달린다 나쁜 감정처럼 모든 뼈 속을 아래를 훑으며. 아침일 수도 정오일 수도 한밤일 수도 있다 소리는 그칠 줄 모른다. 그는 만 위를 대각선으로 지나는 천 개의 흰 파도들을 바라보며 서 있다. 오늘의 요소들에는 바닥에서 자고 있는 형상 지워진 흰 세계 벽장에서 진동하는 큰 컵들이 포함되고 그는 엉뚱한 책을 가져왔다. 언제나처럼 방 안에 살아 있다.

그것을 손에 들고 무게를 재고는 잠시 멈췄다가 방 저편으로 던진다. 러시아어로 쓰인 것을 마트베이 얀켈레비치가 영어로 번역한 《오늘 나는 아무것도 쓰지 않았다: 다닐 카름스 선집》이 싫은 건 타당한 이유가 있어서인가 아니면 프루스트가 아니기 때문인가. 새드가 이를 간다. G는 라디오를 켠다. 자신을 하나의 단지라고 생각하라고 BBC 4에서 말한다. 말은 꿀이다. 꿀을 단지에 부어라. G는 자신을 하나의 단지라고 생각한다. 막연히 성적이다. 성적인 기분을 느끼는 건 어떤 것이었을까. 말하자면 바닥에 있는 저 사람을 원하는 것. 아니면 어떤 사람이든. 성적 상황들 그래 그 서두름과 쑤셔 넣음 그래 그 뜨거움 차가움 전과 후의 경이로운 차이 마치 거꾸로 뒤집힌 도표 같은 그 도표는 기억나지만 느낌들은 기억나지 않는다. 필요도. 어느 밤에 고가도로 밑에서 그들은 다시 섹스 시

도를 했다. 몇 번 더듬거렸다. 새
드가 깔끔하게 표현한 대로 애써
고생할 가치가 없는 일이었다. 누
구의 용기? 심각할 게 있나? 다닐
카름스는 차들이 정지하나 보려
고 고속도로에 누워 있곤 했으며
(차들이 정지했다) 그다음엔 일어
나서 그냥 가버렸다. G가 테이블
에서 일어선다. 그는 마을 수영장
에 가서 사람들이 그의 장엄한 빨
강 날개 평영을 어떻게 생각하는
지 볼 것이다.

욕실에서 수영복을 챙기며 그는
거울을 흘끗 본다. 찌르는 듯한 아
픔 그의 얼굴 더 이상 젊지 않다
더 이상 아름다움의 효과가 없다.
그것에 익숙해지자. 세상을 향해
하는 다른 방법들. 다닐 카름스가
어느 날 레닌그라드*의 욕실에서
바로 이런 낭패감을 느꼈을지 묻
는 건 불경스러운 듯하다. 사람들
말에 따르면 영국 트위드 옷과 헌
팅캡 차림으로 큰길을 걷기를 좋
아했다는 키 크고 눈에 띄는 남자.
궁핍한 굶주린 그리고 경찰에 쫓
기던 그는 레닌그라드 봉쇄 기간
에 다른 사람을 오이로 때려 죽인
한 남자에 관한 시에서 *요즘은 얼*
마나 큰 오이들을 파는지! *라고
썼다. 다닐 카름스 같은 친구를 갖
는 건 기적적인 일이다 인과율에
서의 해방.** 하지만 다른 사람들
의 고통은 요약하고 이론화하고

* '상트페테르부르크'의 전 이름.

* "요즘은 얼마나 큰 오이들을 파는지…", 다닐 카름스, 〈요즘 가게들에서 파
는 것들〉, 《오늘 나는 아무것도 쓰지 않았다: 다닐 카름스 선집》, 마트베이 얀켈
레비치 번역(뉴욕: 아디스 북스, 2009) P.73.

** "나에게 기이한 일이 일어났다: 어떤 게 먼저 오는지 갑자기 잊었다—7인
지 8인지?…", 다닐 카름스, 〈소네트〉, 같은 책, P.48.

역사화하고 사라지게 하고 싶어진다. G는 영국 트위드 옷에서 오이들에서 그 자신의 육체에서 멀리 떨어져서, 군인들과 동물원 동물들과 함께 굶어 죽었을 그의 첫 아내 두 번째 아내 그리고 몇 명의 자식들로부터 멀리 떨어져서 소련 교도소 병원 정신병동 병실 바닥에 누워 있는 DK를 생각하고 싶지 않다. 그 고통을 씻어줄 예수도 그걸 다리 너머로 내던질 선문답도 지옥으로 보내버릴 제우스도 없다. 너는 너의 얼굴을 본다 너의 얼굴은 늙었지만 고통이 더 늙었다. 다른 방에서 들려오는 소리들. G는 복도로 빠져나가 문을 연다. 수영하러 가 바람이 쾅쾅거리는 가운데 그가 뒤에 대고 외친다.

헛간만큼 큰 까마귀들이 머리 위에서 악을 쓴다. 여전히 북쪽으로 달린다. 밤은 하나의 갈라진 틈 온종일 희다. 파괴된 행성의 판자들이 시야가 미치는 곳까지 줄지어 서 있는 모습이 어렴풋이 보인다. 그냥 얼음이야 새드가 말한다. 그가 차창을 열자 바다 안개가 쏟아져 들어온다. 그들은 해변을 지나고 있다. 뒤엉킨 검은 해초 더미들 위에 검은 용암 덩어리들이 쌓여 있다. 파도가 높이 솟았다가 산산이 부서진다. 흰 포말이 위로 분출한다. 물개들을 보면 멈추자 G가 말하지만 새드는 듣지 않는 듯하다.

파란 구멍들보다 더 파란 그의 눈. 그는 이 텅 빈 곳으로 차를 몰고 들어가는 게 좋다. 있는 그대로의 그것일 뿐 다른 아무것도 아닌 장소 그가 말한다. 그게 무슨 소리야 G는 그렇게 생각하지만 묻지 않는다. 새드는 그 말만 되풀이할 것이다. G는 화가 치밀 것이다. 설명의 힘을 믿어? TV에서 봤는데 G가 말한다 치타가 가젤을 쫓고 있었지. 그게 그걸 따라잡을 때 화면이 느려져서 작은 갈고리발톱이 발목에서 튀어나오는 게 보이지. 누구 발목? 새드가 말한다. 치타 G가 말한다. 치타가 가젤의 발을 걸어 넘어뜨리지. 위에 올라타지. 먹어 치우지. 네 무기를 알아라 새드가 말한다. 그들은 계속 달린다. 절벽들과 뿌연 얼음 안개를 지난다. 코를 맞붙이고 둥그렇게 선 조랑말들 바람에 날려 수평으로 뻗은 꼬리들.

아빠와 나 그리고 스팸 내가 그
얘기 한 적 있나? G는 없다고 말
한다. 그들은 먹기 위해 도로에서
벗어나 차를 세웠다. 바람 때문에
차 문이 떨어져나가겠어 젠장 밖
으로 나가려고 애쓰다가 새드가
말한다 그래서 그들은 차 안에 머
문다. 도로지도 표지를 뒤로 접어
스팸을 자른다. G가 새드에게 스
팸이 군대 생각이 나게 하느냐고
묻는다. 새드는 아니라고 집 생각
이 나게 한다고 말한다. 우린 집
근처에 있는 진흙탕 호수라기보
다 늪에 가까운 곳에서 메기를 잡
곤 했지 어느 날 낚시를 하러 갔는
데 내가 낚싯줄에 미끼를 달다가
배 고물 너머로 스팸 캔을 빠뜨린
거야─그거 우리 점심이다 아빠
가 말했어 그는 나한테 호수에 뛰
어들어서 스팸을 건져 오라고 시
키고도 남을 사람이지. 농담이지.
농담 아냐 난 스팸 캔이 반짝거리
며 물속으로 가라앉는 모습이 지
금도 눈에 선해 나는 물에 들어가

서 스팸 캔을 건져 가지고 나왔고 *신사 숙녀 여러분 그래서 내가 오늘날 동성애자가 된 겁니다!* G 는 웃음을 터뜨린다. 새드는 스팸 한 조각을 더 자르고 바깥의 바람 을 내다본다.

음울한 하늘의 패드들 하얗게 얼룩이 빠진다. 낮과 밤이 똑같다. 기온이 떨어진다. 차가 체인을 감고 달린다. 그들은 흰 머리를 풀어 헤친 폭포들이 떨어지는 절벽들을 지나고 제비들이 바위의 구멍들을 드나든다. *만일 하늘이 구부려져 있다면 더 낮지는 못했을 것이다.** G는 제비들을 바라본다. 그런 친구를 갖는다는 것. 그는 여전히 그 책을 싫어하지만 그를 사랑하기 시작했다. 표지에 실린 DK의 얼굴은 순수한 분노이고 소녀의 입술이다. G는 잠시 자신이 DK의 목숨을 구하는 광경을 상상한다─김이 모락모락 나는 수프 그릇을 들고 국사범 교도소 병원 창문으로 급강하하여 들어간다. 그 낙담한 눈이 자신을 향해 빛나는 걸 볼 때까지만 머물다가 가던 길을 간다. 하지만 암울한 사실은 수프 한 그릇으로는 900일이라는 남은 레닌그라드 봉쇄 기간 동안

---

* "만일 하늘이 구부러져 있다면 더 낮지는 못했을 것이다…", 다닐 카름스, 《푸른 공책》, 《오베리우: 러시아 부조리 문학 선집》, 마트베이 얀켈레비치 번역 (에반스턴, 일리노이: 노스웨스턴 대학 출판부, 2006) P.126.

다닐 카름스를 지탱할 수 없다는
것이고 갑작스러운 놀라운 정적
이 차에 엄습한다. 그들은 모퉁이
를 돌아 절벽들 사이의 깊고 좁은
협곡으로 들어간다. 바람이 사라
졌다. 소리가 사라졌다. 아니면 이
상해지고 있다. 그는 시선을 들어
무수한 해빙수(解氷水) 줄기들이
암벽의 표면을 따라 돌진하는 걸
본다 그 줄기들은 너비가 한 뼘이
넘지 않는다. 해빙수 줄기들은 각
자의 기울기에 갇혀 있다. 이 기울
기들은 섞이고 섞이지 않는다 그
곧은 은빛 빈발(頻發). 하지만 새
드는 지도를 찾기 위해 좌석 밑을
뒤지고 있다. 사람들이 이걸 잘 보
랬어 그가 말한다. 이제 우리가 어
디 있는지 알겠다!

얼음이 더러워진다 빛이 약하다. 그들은 세 번 급커브를 돌고 모든 것들이 강렬해지기 시작한다. 번쩍거림이 가시성은 높여주지 않으면서 눈을 아프게 한다. 얼음 위를 덜컹거리고 달리며 좌우로 튀어오르는 차. 네 자서전은 어떻게 됐어 새드가 말한다 옛날에 늘 그걸 만지작거렸잖아. 포기했어 G가 말한다. 내 삶에 아무 일도 일어나지 않았으니까. 그들은 서로를 바라보며 웃기 시작한다. 소리가 벽들에 굴절되어 돌아온다.

빙하 안 하지만 어떻게 그리고 어
디 그리고 왜 아무도 길을 *잃었다*
는 말을 하지 않는다. 우리는 새
길로 갈 거야 커다란 입구 같은 곳
으로 향하며 새드가 말한다. G가
지도를 펼쳐놓고 있지만 어둑어
둑해서 읽을 수가 없다. 네모 모양
의 빨간색 **통행불가** 표지판 앞에서
길이 멈춘다. 우리한테 하는 말이
아냐 새드가 표지판을 돌아가기
위해 후진하며 말한다.

해빙수와 잔해가 옆에서 출렁거린다. 그들은 내려가고 있다. 무척이나 조용하다. 차 안의 기압이 변하고 있고 도로가 내리막이다. 머리 위에서 쉬익 소리 채찍 소리 신음 소리가 들려온다 그들은 몸을 숙인다. 차가 멈춘다. 아무것도 아니다. 정찰하자 새드가 말한다. 그들이 차에서 내리자 총성 같은 날카로운 소리가 위쪽 어딘가에서 들려오고 새드는 소리가 들릴 때마다 움찔거린다. 거대한 문들의 삐걱거림이 들린다. 돌진. 또 총성들. 이상할 정도로 차분한 G. 그는 발아래서 얼음이 트램펄린처럼 꺼졌다가 올라오는 걸 의식하고 있다. 모퉁이. 그걸 돌자 세상이 정지한다. 거대한 얼음. 한 튜브에서 짜낸 듯 전체가 하나의 색으로 이루어진 일종의 동굴. 와아 저 파랑 G가 말한다. 그는 튀어오르기 시작한다.

뛰지 마 씨발(새드). 소리들이 사
방에서 요란하게 그들을 스쳐 간
다. 하지만 이제 G는 동굴을 내
려다보고 있다. 무언가가 얼음 속
단층으로부터 스스로를 밀어내고
있는 듯하다. 인간 같은 형상이다.
은색 턱시도라고 할 수 있는 걸 입
었다. 희미하게 빛나다가 멈춘다.
어느 쪽도 돌아보지 않는다. 그것
에 집중한다. 저거 봐 G가 말한
다. 뭘 보라고 새드가 말한다. 삐
걱거림. 돌진. 총성들. 그 희미한
형상이 얼음 속 다른 단층으로 스
며들어 사라진다. 동굴의 추위 속
에서 더 깊은 냉기가 G와 새드가
서 있는 곳으로 퍼진다.

언젠가 새드가 내게 해준 이야기
인데 나도 확실히 믿는 건 아니고
당신도 스스로 판단하면 된다. 몇
년간 용병으로 지낸 그의 친구에
관한 이야기다. 어느 겨울에 그 친
구의 팀이 북아프리카의 한 마을
에 갇혔다. 직사광선. 눈부시게 차
가운. 그는 두통을 달고 살았다.
어느 아침에 해변을 걷다가 한 소
년을 만났다 그는 그 소년이 여자
라고 생각했고 둘이 이야기를 조
금 나눴다 날마다 여기저기서 조
금씩 만남이라는 걸 가졌다. F는
그를 러키라고 불렀다. 그는 예의
바른 소년이었다. 그들이 지붕에
서 잘 때면 러키는 F의 입에 바람
이 들어가지 않도록 얼굴에 베일
을 덮어주었다. 겨울 동안 F는 러
키의 어머니도 알게 되었다 그녀
는 몸집이 큰 사람으로 옷 위에
남자용 작업복 셔츠를 걸치고 양
쪽 가슴주머니에 흙을 가득 채우
고 거기서 오이 씨앗을 틔웠다. 아
주 *따뜻하지* 그녀는 가슴주머니

를 툭툭 치며 말하곤 했다. 그녀는 부엌 식기실에서 소를 한 마리 키워 자신과 아들을 부양했다. 소의 우유와 소변으로. 소변이라고요? F가 물었다 화가의 오줌 그녀가 말했다 모과를 먹여 키운 소 오줌에서 나오는 샛노란 색소로 서명을 하는 그 지역의 불량한 민속예술을 의미하는 것이다. 가끔 그들은 셋이 다 그녀의 립스틱을 바르고 저녁을 즐기러 마을로 향하곤 했다. 그녀는 위스키가 몇 잔 들어가면 늘 영어로 킹 제임스 성경의 똑같은 구절을 반복하며 웃었다. *우리를 위해 여우들을 잡아주세요 작고 빠른 여우들.** 그녀의 아들은 자기 손톱을 들여다보고 있다. 그는 밤중에 빛난다. 그가 죽은 밤 문의 빨강 플러시 천 커튼이 옆으로 젖혀져 있다. 마을의 권력가가 러키를 찾으러 들어온다. 말이 잦아든다 공기가 떨어진다 남자가 욕을 하더니 러키를 두 번 때린다. F가 일어선다 어머니도 일어나서

* 그녀는 fox를 vox로 발음하며 vox는 '말', '소리'라는 의미를 지님.

F 바로 앞에 서는 바람에 그는 움직일 수가 없다. 아무도 눈을 이용해 서로를 보지 않는다 그들은 이미 도착한 편지를 기다리고 있다 아니면 다섯 박자 앞선 시간인가 이제 갑자기 피 흘리는 폐와 회색 비명을 보는 건 F다. 그는 상처 가장자리의 갈가리 찢긴 살이 던진 그림자를 본다 가장자리가 그을려 벌어지며 빨아들이는 소리를 조그맣게 내는 것과 심장공동의 빨강 빛을 본다 그건 러키가 죽어가는 것이지만 아직 그 일은 일어나지 않았다. 그 일이 일어난다. 그리고 그 순간부터 F는 남은 평생 늘 다섯 박자 앞서 보는 걸 멈출 수가 없다. 매 순간이 미리 끝을 맺는다. 그의 현재시제는 없어진다. 다시는 올리브를 먹다가 예기치 않게 이가 부러질 일이 없다. 어쨌거나 이가 부러지긴 한다.

그 얼음 단층은 얼음 속에 있는 사람 모양 구멍이고 도로 그림자가 되어 사라진다. 뭔가 상쾌하고 어울리지 않는 냄새 세탁물? 햇빛? 입구에 감돈다. G는 무릎을 꿇고 앉아서 안을 들여다본다. 냉기가 바지 속으로 파고든다. 새드는 차로 돌아가서 시동을 켰고 그 소리가 사방에서 무시무시하게 메아리친다. 나간다! 새드가 차를 후진시키며 외친다.

그게 섀클턴이었나 무언가에 ─ 영하의 어떤 것에 이가
박살 난 사람 그리고 왜지 언젠가
G가 형(생화학자인)에게 물었다.
왜냐하면 이는 다공성이라 미세
한 물방울들로 채워질 수 있고 그
물방울들이 영하의 상태에서 순
간적으로 얼기 때문이지. 빙벽들
이 얼음 단층 아래 있는 그에게서
점점 멀어져간다. 그는 단단한 동
시에 녹아 있는 하지만 기이하게
도 차원이 없는 것처럼 그림자가
없는 세계로 뛰어든다. 평생 이보
다 추웠던 적이 없다. 정맥 하나
하나가 마비된 듯하다. 심장이 그
의 가슴 속에서 멈춰간다. 얼음 같
은 날개들이 등에서 딸깍거린다.
그는 날개들이 움직이는 소리를
들을 수 있지만 그건 다른 사람의
날개들이고 이가 아프다. 언다는
건 팽창한다는 뜻이고 그건 박살
이 난다는 뜻이라고 형이 말했다.
G는 입을 다문다.

그 낡은 상투어

극지 탐험의 피로가 물결 속에서 그의 몸에 범람한다. 눕고 싶은 이 경이로운 갈망 확실히 그는 여러 해 동안 걸었다 확실히 그는 걸음을 멈추고 사방에서 유혹하는 저 새틴 같은 얼음판에 기대어 잠시 쉬어야 한다. 오이들 섀클턴 스펨 왜 모든 것들이 빠져나가고 있는 걸까 왜 이 은빛 썰물과 밀물은 그의 뇌에 닿지 못하는 걸까. 그는 몹시도 피곤하다. 단지에 꿀을 부어라. 그는 졸고 있다. 갑작스러운 격렬한 재채기가 그를 산산조각 낸다. 아 그가 소리 내어 말한다 단지 속에서 죽지는 말자 그는 척추가 부러질 만큼 힘을 써서 윗등을 둥글게 구부린다. 뻣뻣해진 날개 근육들이 뿌리를 딛고 힘껏 일어선다. 첫째 날개깃에서 깨진 얼음 조각들이 우수수 떨어진다. 그는 다시 강철 이음매처럼 느껴지는 것에 대항하여 뒤쪽으로 그리고 위로 안간힘을 쓰며 어쩌면 해

낼 수 없으리라 생각하지만 도, 돌연 덮깃이 끔찍하게 요동치며 움직임이 시작된다. 그는 올라가고 있다. 공기가 그의 무릎을 움켜쥔다. 검은 무(無)로부터 완전한 기대로—날기는 항상 그에게 이런 희망의 감정을 줬다—나무들 사이로 얼핏 호수가 보이거나 오페라 커튼이 열리기 시작하는 그 급격한 벨벳의 첫 순간처럼—그는 얼음 단층 아래서 통곡하고 있다. 신선한 영혼. 사납게 깨어난 날개. 얼어붙을 듯한 공기가 밀려드는 가운데 몸의 앞부분은 살아 있다. 빨강 슬픔이 뒤에서 밀려들고 태고의 얼음 냄새가 그의 두개골 곳곳을 가득 채우는 동안 그는 입을 벌려 비명을 지른다.

왜 새들은 팔이 없는 걸까―사람
이라면 두 팔을 땅과 수평이 되게
앞으로 쭉 뻗고 난다. 저항을 최대
한 줄이기 위해. 물론 그건 진이
빠지는 일이다. 맞서지 마 그냥 해
G가 자신의 팔에게 말한다. 그는
작은 피스톤들이 곳곳에서 자신
을 펌프질해서 앞으로 나아가게
하고 있다고 상상하고 그게 얼마
동안은 도움이 되지만 통증이 척
추에서 사방으로 퍼진다. 얼음 단
층 아래에서 그에게 지속적으로
차가운 역풍이 불어온다. 그는 자
신이 느려지고 있고 분명 우스꽝
스럽게 보이리란 걸 안다. 나는 지
금 말총머리와 날개를 가진 그 늙
은이들로 변해가고 있는 걸까 그
는 슬프게 생각한다. 무언가가 그
의 뺨을 스치고 지나간다. 그는 그
것을 향해 모호하게 손을 흔든다.
포식자들. 가슴이 철렁한다. 사람
들은 북쪽 지방에 사는 날개 길이
가 3미터나 되는 독수리들에 대해
이야기한다. 그는 다닐 카름스가

말한 것과 같은 자신의 영웅적 죽음에 대해 상상하기 시작한다. *만일 하늘이*— 하지만 이제 주위의 공기가 어두워지고 있고 기이한 벡터들이 다이빙한다 쌩 지나간다 급강하한다—그는 갑자기 그게 무엇인지 깨닫고 숨을 헐떡거린다. 포식자들이 아니다. 얼음 박쥐들이다! 그들은 짙은 남색이다. 그들은 절대적으로 조용하다. 그들은 토스터만큼 크다. 그리고 그들은 섬뜩하고 온화한 목적을 갖고 그를 아래로 끌어당긴다. 앞쪽에 선봉이 그리고 양옆에 호송대가 있다. 그의 어깨에서 긴장이 풀리기 시작한다. 여기엔 그가 걱정해야 할 에티켓이 있을까? 이론적으로 그는 잠시 그들의 바퀴 위에 탐으로써 35퍼센트의 효율성을 얻을 수 있다. 하지만 이건 모종의 교환이리라. 다른 한편으로 생각하면 그들은 자발적인 개입을 한 것이고 모두 그렇게 빨리 가면서도 지칠 줄 모르는 것처럼 보인다

타는 냄새가 난다—그는 그게 그
타는 냄새가 이상하다고 생각하
고 그사이에 그들 전체가 얼음 굽
이를 돌아 드넓은 자동차 정비소
에 도착한다.

얼음 박쥐들은 민첩하게 움직이고 급정지할 수 있다. 정지하는 방법은 이렇다. 양 날개를 아래를 향해 퍼덕거려 각 날개의 앞쪽 가장자리 위에 회오리바람을 일으키면 공중에서 맴돌 수 있다. 그런 다음 날개를 한 번 위쪽으로 퍼덕여 회오리바람에서 벗어나 느긋한 왕족의 태도로 비행항로에서 활강하여 깔끔하게 접힌 손가락뼈로 절벽에서 선반처럼 튀어나온 바위나 왕좌로 내려앉는다. G의 하강은 그보다 덜 훌륭하다. 그는 앞에 있는 짙은 남색 물체가 정지하거나 순식간에 흩어질 거라고 예상하지 못한 채 그것과 충돌한다. 흩어진 박쥐들이 쌩하고 뒷벽의 구멍 속으로 들어간다. 거기 **배트캐트래즈**라고 된 간판이 붙어 있다. G는 정신이 아득한 상태로 얼음 바닥에 떨어진다. 뒤로 들어오다니 영리하군 한 목소리가 말한다. G는 올려다본다.

한 손에 스파크가 이는 공구를 들고 있는 것으로 보아 그는 납땜을 하고 있다. 그는 기름때 묻은 작업복 차림이다. 병원을 찾고 있군요 그가 보안경을 밀어 올리며 말한다. G는 그의 뒤에 자동차 한 대가 높이 들어 올려져 있는 걸 본다. 내가 알기론 그렇지 않아요 G가 말한다.

둔중한 철거덕거림에 이끌려

새드는 굽이를 돈다. 그는 거칠게 차를 세우고 차에서 내린다. 오늘 문 열었어요? 구동축 교체할 수 있어요? 그가 작업복 입은 남자에게 묻고 남자는 잠시 새드를 유심히 본다. 그러더니 공구를 제자리에 두려고 돌아선다. 근사하군 그가 말한다. 차를 들어 올려서 살펴봅시다.

그는 열네 살이었다 여러 해 전이
고 새드의 이름은 아직 새드가 아
니었다. 첫 혜성. G는 비틀거리며
버스에서 막 내린 참이었다 그들
은 서로를 바라보았고 그 관계는
G가 거의 스무 살이 될 때까지 지
속되었다 하지만 그는. 글쎄. 원래
그는 충직한 사람이니까. 어디에
서나 친구를 만들어야 하는 새드.
섹스 친구들 클럽 친구들 운동 친
구들 마약 친구들 쇼핑 친구들 신
경쇠약 친구들 흔해빠진 문제. 새
드는 문제가 있다고 느끼지 않았
다. 어느 날 주위를 둘러보니 G는
떠나고 없었다. 작별 편지는 너무
도 여러 번 지웠다가 다시 써서 종
이에 구멍이 났다. 눈물로 얼룩진
웃음 그 구절이 생각나면 G는 얼
굴을 붉힌다. *말하는 것이 익사하
는 것 같아* 등등. 그는 부엌 조리
대 위에 편지를 놓았다. 다른 데
로 옮겼다. 도로 갖다 놨다. 조용
히 째깍거리는 부엌. 한낮이었다.
세상 한복판. *우리 빨리 이 붕대를*

풀자. 그는 나중에 몇 달 동안 마음속으로 그 편지 내용을 되뇌었다 그 편지를 읽는 새드 마음이 찢어진 새드 편지를 손에 쥐고 거리를 달려가는 새드를 상상하며. 사실 그 편지는 싱크대 뒤로 떨어져 발견되지 않다가 2년 후 새드의 친구 하나가 꺼내서 소리 내어 읽기 시작했다—새드는 기특하게도 그걸 중단시켰다. 어쨌거나 구동축이 말을 안 들어서 그들은 잠시 쉬며 차를 마신다. 작업복 차림의 남자는 자동차 정비소 뒤 병원에 사무실을 갖고 있고 문 옆에 박힌 못에 흰 가운이 걸려 있다. 옷깃에 금색 필기체로 *CMO*라고 박혀 있다. 그는 G가 그걸 보고 있는 걸 본다. 난 재미 삼아 차를 고쳐요 그가 말하고 고르지 않은 웃음을 웃는다. CMO가 뭘까 하고 G는 생각하지만 묻지 않는다. 그들은 로비 같은 곳으로 들어간다. 그리고 거기 병적인 빛 속에서 혼란에 빠진 키 큰 남자가 새드에게

달려가며 자네가 올 줄 알았다고
말한다.

명석한 아내

첫 반전 그들이 왔다
실수로 빙하호 옆 개인병원에
작업복 입은 남자가 운영하는
그는 (다행히도) 구동축을 설치하는 법을 알지만
그들이 얼마나
걸릴지 묻자 그냥

웃기만 한다 '반전'인 이유는
새드가 마음에 둔 짧은 자동차 여행은
곧 재정의될 것이기에
스스로를 신이라고 부르는
남자에 의해

그건 거짓이 아닐 것이다 '반전'인 것은 작은 문제들이
텍스트에서 굴러 떨어지기 때문이다 무엇과 같은가 하면
예언자(4NO)가 되는 것 그러면 너희는
나이에 걸맞게
행동하기로 결심할 것인가
만일 너희가 다음에 올 것을 진짜로 볼 수 있다면

숫자 4 글자 *N* 글자 *O*로 쓰면 돼
요 띄어 쓰지 말고 전부 대문자
로: 4NO / 별명인가요 / 아뇨 베
이비케이크* 기능적인 거예요 염
병할

군대는 염병할 기능성의 염병할
버팀목이니까 / 그러니까 군대에
서 당신을 4NO라고 불렀군요 /
내가 하는

모든 말을 반복할 작정인가요 /
미안해요 / 설탕 좀 건네줘요 / 그
러니까 군대에서 새드를 알게 됐
다고요 / 그랬어요 / 그의

말로는 당신이 미래를 볼 수 있다
던데요 예언자라고 / 아니 나는 보
는 걸 봐요 나는 그것의 신이에요
나는 오고 있는 보는 것을 봐요 /

그게 어떤 건가요 / 항상 모든 게
휜 것 / 그게 무슨 뜻이죠 / 곧 보
이게 될 모든 것들이

---

* 흔히 남자들이 여자 친구에게 쓰는 애칭.

전두피질에 몰려 있는 건 아무런
잔여물 없이 그저 흰색이기만 하
다는 거예요 이제 당신은 만일 어
떤 일이 아직 일어나지 않았다면

당연히 잔여물이 없는 거 아니냐
고 말하겠지요! 하지만 사실은 당
신들 사람들이 보는 대부분의 것
은 당신들

사람들이 현재 세계라고 부르는
대부분의 것은 그저 잔여물일 뿐
이에요 그 얇은 가장자리에서 사
라지는 데 실패한 보이지 않는

것의 불길일 뿐이라고요 / 실패 /
사람들은 늘 나에게 다가와서 말
하죠 4NO 누가 하키 풀에서 이
길까 4NO 네

이름이 예지력이란 뜻이잖아 예
지력을 좀 갖는 게 좋겠군 4NO
넌 미래를 아는 신인데 도대체 왜

이 고기시계에 갇혀버린 거지 그
게 오는 걸 보지 못했나 / 보지 못
했나요 / 내가 본 것은 보이는 것
의 원자적

본질이었어요 너무 밀도가 높아서
그 백열광은 그 어떤 염병할 것을
위한 자리도 남겨놓지 않아요 /

아 / 혹시 내가 당신의 경험 영역
밖에서 이야기하고 있는 건가요 /
그렇다고 볼 수 있죠 / 그 설탕 좀
다시 주세요 / 그럼 그 흰 것은 늘
당신에게 오나요 / 예 / 당신은 그
걸 막을 수 없고요 / 알코올이나
약물로 속도를 늦출 순 있죠

그러지 않고 있지만 / 군대에서는
달랐나요 / 젠장 그럼요 우린 완전
히 약물에 절어 있었죠 / 새드는
그 이야기는

별로 안 해요 / 그럴 거예요 / 그가
갈림길에 있는 무언가에 대해 언

급했어요 / 다시 말해봐요 / 갈림
길

여자 쇼핑백 흰 비닐봉지 잘 모르
겠어요 / 충고 하나 하죠 / 예 / 그
여자에 대해 묻지

마요 갈림길에 대해 묻지 마요 비
닐 쇼핑백에 대해 묻지 마요 / 알
았어요 / 그에게 묻지 마요 나에게

묻지 마요 / 알았어요 / 나 약 먹을
시간이에요 이제 가봐야겠어요 /
즐거웠어요 / 오 아닐걸요

명석한 아내

4-B 식량

24시 식량

전쟁 식량

전투식량

눈깔사탕

1인용 전투식량

5인용 전투식량

전장 식량

초기 작전 식량(FSR)

주둔지 식량

개인 식량

너희는 생각해본 적 있는가 베이클라이트 마감 청동 암포라

식사량 조절에 대해

팔레트 적재 정수용 알약 말린 생선

캐나다군 전투식량(IMP)

즉석 식사 개인용

정글 식량

주력 전차 식량

미군 전투식량(MRE)

1인용 혼합 포장 식량

1인용 포장

냅킨에 싸인 플라스틱 수저

작전 식량 포장 일반 목적용

순찰용 식량 1인용

자기방어분

'꽥'으로 알려진 레몬/오렌지 분말

특수부대 식량

특수전 식량에 대해

너희는 배가 고프거나 어쩌면 배가 고프지 않거나 어쩌면 그저

짜증스럽다

생존 키트

400그램들이 쌀 통조림

은박지 포장 열두 개가 쟁반마다 네 개씩 세 줄로 놓여 있다. *레이션* *은 아름다운 단어다 CMO의 생각에는 그렇다. 규율 잡힌 삶의 열쇠다. 라틴어로 *ratio* '이성'. 합리성. 질서의 원칙. 정해진 시간에 정해진 양. 그것이 동물들을 관리하는 방법이고 사람들에게도 통한다고 그가 말한다. 앉아요. 손님들에게 몸짓으로 의자를 권하고 자신도 테이블 상석에 앉는다. 그들은 앉는다. 그들은 그의 왕국의 고객들이고 고객들은 그의 티끌 하나 없는 카페테리아에서 대접받는 걸 좋아한다. 테이블 위 자리마다 똑같은 알루미늄 쟁반이 하나씩 놓여 있다. 새드가 부자연스러울 정도로 집중해서 자신의 쟁반을 보고 있다. 4NO가 그에게로 몸을 기울인다. 노스탤지어인가 새드? 저 잊을 수 없는 MRE **? 행운의 부적은 먹지 말게! *** 그가 소름 끼치게 웃는다. 새드가 눈

* Ration - 배급, 식량.

** Meal Ready to Eat - 미군 전투식량.

*** MRE에 포함되는 행운의 부적 사탕은 역설적으로 불운을 가져온다는 미신이 군인들 사이에 퍼져 있음.

이 뒤집혀서 그를 보더니 의자를 넘어뜨리며 일어선다. 퇴장한다. 무슨 문제라도 있나? CMO가 올리브 오일에 절인 고등어 봉지의 점선 부분을 뜯으며 말한다. 너무 많은 기억이 문제라고 4NO가 말한다. 우린 군대에서 이 작은 은박지 포장을 신물이 나게 봐야 했지요. 여기에 이것들을 갖고 있다니 괴상하네요. 더 이상 나를 귀찮게 하지 마요. 난 행운의 부적은 절대 안 먹었으니까. 소름 끼치는 웃음.

행운의 부적을 먹다니 그게 무슨 뜻이죠? G가 말한다. 결과를 갖고 장난치지 말라는 뜻이죠 4NO가 말한다. 군대 식량에 늘 행운의 부적 봉지가 들어 있다는 뜻이고요. 아무도 그걸 안 먹었어요. 명백한 이유로. 그런데 어느 날 새드가 자신에게는 행운이 필요 없고 자신만의 부적들*과 넘치는 매력이 있다는 결론을 내리죠. 그는 행운의 부적을 먹었어요. 그래서 어떻게 됐는데요? G가 말한다. 그건 슈퍼히어로에게 직접 알아내요. 난 말 안 할 테니까. CMO는 귀리 비스킷과 체리 퓌레를 게걸스럽게 먹어댄다. 말로 사람을 죽일 수가 있지 그가 입에 음식을 가득 물고 말한다. 오이디푸스를 봐요. G는 CMO를 바라본다. 행운의 부적이 조상의 저주를 불러온다는 건가요. CMO는 냅킨으로 입을 닦는다. 내 말은 군대에서 부적의 형태로 행운을 배급한다면 그 행운은 이미 사라졌다는

* charm은 부적이라는 뜻 외에 매력이라는 의미도 있음.

거예요. 4NO가 쳇 하며 테이블
에서 일어난다. 신사분들 오늘 저
녁엔 너무 깊은 물을 건너시네요
저는 나갑니다. 그는 자신의 쟁반
을 들고 간다. 사람들이 자기 방에
서 먹을 수 있게 하시는군요 G가
말한다. 아니 사실은 그렇지 않아
요 CMO가 말한다. 미소 짓는다.
그에게 그 점을 상기시켜야겠네
요. 그는 환자죠 맞죠 G가 말한다
그런데 당신은 그를 특별하게 대
우하는군요. CMO는 자신의 딸
기 음료 봉지를 들여다보고 있다.
이를테면 4NO가 규칙을 깰 필요
가 있다고 합시다. 물론 그는 그
런 식으로 말하지 않을 거예요 그
규칙이 효력을 잃은 일탈적인 미
래가 보인다고 말하겠죠. 그럼 당
신은 그의 예지력을 믿지 않는군
요 G가 말한다. CMO는 음료 봉
지로 자신의 뺨을 톡톡 친다. 그
의 뇌 화학작용이 특이하다고 생
각하느냐고요 그래요. 그가 말하
는 늘 *전부 흰색*으로 보인다는 거

그걸 믿느냐고요 아뇨 그건 교묘한 회피예요. 그가 뭘 회피하는 거죠 G가 말한다. 당신 친구 슈퍼히어로와 같은 것이죠. 성가신 트라우마적 기억들. CMO의 두 눈은 매우 정적인 검은 중심을 지녔다. 하지만 당신은 그것에 대해 잘 알지 못하죠 그렇죠? 그가 말한다. 그래요 G가 말한다 잘 몰라요. 그럼 좋아요 CMO가 말한다. 그는 빈 은박지 포장들을 잘 펴서 자신의 쟁반에 두 더미로 쌓는다. 우리 SBG를 찾으러 갈까요? 그가 테이블에서 일어선다. 그를 그렇게 부르는 건 당신뿐이라는 거 아세요 G가 말한다. 난 머리글자말을 좋아하거든요 CMO가 말한다. 이름 배급 G가 말한다. CMO가 멈춘다. 똑똑하네요. 그래요. 이름 배급. 어쩌면 결국 당신을 좋아하게 될지도 모르겠네요.

밤새 깨어 있는 건 씹힌 담배꽁초 같은 기분이다. 의자들이 그를 초조하게 만든다. 그는 잔뜩 경직된다. 그의 시야로 재빨리 들어왔다 나가는 것. *당신 움직임 때문에 정신이 없어요* 아무도 듣지 않는다. 눈을 감는다. 소리치고 있는 게 누구지. 실눈을 뜬다. 양팔을 넓게 벌리고 있는 4NO를 제외하면 오락실은 비어 있다. *보라 나는 프로메테우스다! 오 아파하며 노래하는 포효하는 우주여! 너는 신들의 손아귀에서 고통받는 나, 하나의 신인 나를 본다!* 4NO는 연극 연습을 하고 있다. 새드는 이제 벽을 등지고 있다 기댄 건 기억이 나지 않는다. 쾅 쾅 아무도 듣지 않는다. 잠들이 그의 내부에서 기울어진다 그가 바라보고 방황하던 때부터 여러 해 동안 쌓여온 모든 오래 묵은 자지 못한 잠들. 밤에 조용히 누워 있어도 그는 잘 수 없었다 잘 수 없다. 모든 틈 아래 모든 동요가 들여다보이고 그곳으로 모든 악착스러운 기억이 시계바퀴벌레처럼 기어든다. 기억이 그의 안에 있는 그의 아버지를 쥐어뜯었고 그는 일종의 분노를 느끼며 벽을 향해 몸을 돌리고 운다 그는 사람들이 이것(일종의 분노)에 대해 말하는 걸 견딜 수 없다 알지도 못하면서. 그의 상황은 어떤가 물리적 상황 점점 더 어두워져가는 이 나선형 하강을 이어간다. 그의 외모는 망가졌다. 힘도 잃었다. 그는 연민이 싫다. 점점 더 어두워져가는 흐름이 그를 관통한다. 장애 그리고 그는 바닥에 눕는다. 팔들이 그의 몸 위로 스스로를 던진다. 프로메테우스는 아직도 우주에게 이야기하고 있다. *너는 눈이 어디 있는가? 너의 정의는 무엇인가? 너는 내가 지난 만 년 동안이 너덜너덜한 고통의 밧줄 끄트머리를 붙잡고 있는 걸 본다! 결국 누가 나를 자유롭게 해줄 것인가?* 새드는 아무 생각도 안 든다. 나중에 그를 둘러싼 바닥이 평평하고

단단해진다. 눈을 뜬다. 하지만 그
의 눈은 부서지기 쉽다. 그는 눈을
움직이지 않을 것이다. *나의 심장
은 노래하는 새.* 그가 이 말을 한
걸까. 4NO가 방을 가로질러 걸어
와서 그의 위에 서 있다. 정신 좀
차려 4NO가 부츠를 툭 치며 말한
다. 새드는 그를 거꾸로 본다. *물
오른 햇가지에 둥지를 튼** 아무
도 듣지 않는다. 그는 비틀거리며
일어선다. 4NO가 콧노래를 시작
한다. 그들은 왈츠를 춘다.

* "나의 심장은 노래하는 새 / 물 오른 햇가지에 둥지를 튼", 크리스티나 로세티의
시 〈생일〉 중에서.

남자들이 풍선처럼 타원형으로 왈츠를 춘다 G는 생각한다. 그는 문간에서 지켜보고 있다. 18세기 열기구 풍선들. 그는 언젠가 학구적 만찬(학구적 남자 친구)에 간 적이 있었다. 크레타 고고학(왼쪽)과 18세기 열기구 풍선들(오른쪽) 그 두 고대의 숙녀들 사이에 그는 앉아 있었다. 그는 수프를 먹는 동안 크노소스의 푸른 바다에서 노를 젓다가 대구와 함께 몸을 돌렸다 열기구 타기의 압권은 아래의 땅 위를 질주하는 자신의 그림자를 바라보는 것이다. 그래! 그는 날개를 가진 사람으로서 질주하는 자신에 대해 알았다 우리가 더 이상 사용하지 않는 사전들을 통해 추정된 그 신비한 후광에 대해 저 먼 아래에 있는 작고 기이한 비애감에 대해 알았다. 그녀(오른쪽)가 곧 마모된 치아들을 모두 드러내고 활짝 웃으며 '무모한 저공비행'이라고도 불리는 '물에 닿았다 떠오르기' 기술을 선보이면서 항

해를 이어갔다(대구를 지나) 그녀는 두 사람이 소년들이라도 되는 것처럼 그의 목덜미 머리를 헝클어뜨렸다. 당신 커스터드가 식고 있어요 크노소스(왼쪽)가 말했다. 진입로 자갈의 아우성에 G는 정신이 번쩍 들며 몽상에서 깨어난다. 그는 창문 쪽을 흘끗 본다. 이다가 택시 뒷좌석에서 내리고 있고 CMO가 그녀 뒤를 따른다. 놀란 현관 계단을 올라온다. 그녀의 격자무늬 스포츠코트가 그리 신선해 보이지 않는다. 두려움이 G에게로 뛰어든다. 이다가 여기 있으면 소 떼는 누가 돌보는 거지?

명석한 아내

위대한 질병이 위대한 의사들을 만든다

CMO가 우리에게 말한다

발레리 솔라나스* 들로

가득한

병원에서 그의 워홀을 몇 년간 기다려오다가

눈이 높이 쌓인 어느 밤

4NO를

입원시키게 되었다 그의 이론들 아무리 미친 것이어도

환원주의적 주술적 심리치료로부터의 반가운 변화

이제 CMO의

필수적인 의무는 한쪽으로 치우친 모두의 기분을 지켜보는 것

이다가 일으킨 불꽃이

노래를 흥얼거리는

(누구의?) 누구의

변덕에 휘둘리는 우리는 누구인가라는

케케묵은 비극적 질문에 관한 분란을

일으키며

파멸로 불타오르면서

* Valerie Solanas – 앤디 워홀에게 총을 쏘아 중상을 입힌 급진적 페미니스트.

그는 그녀의 교활함을 안다 그녀는 그의 허기를 안다. 그는 자신을 CMO라고 부르고 그녀는 그를 돼지 닥터라고 부른다. 말해줘요 돼지 닥터 그녀가 말한다 왜 나는 늘 훔치는(stealing) 거죠. 그건 느끼는 것(feeling)과 반대이기 때문이죠. 그녀는 쓴웃음을 짓는다. 바보 같은 라임 맞추기. 라임은 치유 효과가 없다. 그러나 그것이 그녀의 격자망을 꿰뚫는다 그래서 그녀는 다른 것들로 자신이 진짜 오이 껍질을 비싸게 산 것으로 격자망을 덮는다 그가 말을 잇는다. 무언가를 느끼는 것은 당신을 미치게 하죠. 무언가를 느끼고 있는 것이 보여지는 건 당신을 벌거벗겨요. 그것에 휘말린 상태에서는 기쁨이건 고통이건 중요하지 않죠. *사람들이 이렇게 벌거벗은 나를 본다면 무슨 짓을 할까 그들은 어떤 새로운 힘을 얻게 될까 하고 당신은 생각하죠.* 사람들이 당신이 느끼는 걸 본다면. 당신은 *뭐가 뭔지 모르고 있어*

요. 그건 *다른 사람*들 문제가 아니
에요. 보여지는 건 형벌*이*에요. 당
신은 피해자를 차례로 망신시켜
요 그들은 모두 *당신*이에요. 자연
은 *내부*에 있어요. 그는 그녀가 자
신의 책상 뒤쪽 벽지 무늬를 보고
있는 걸 보고 세잔으로 화제를 바
꿔 그의 손에서 사과들이 얼마나
벌거벗겨졌는지 말한다. 음란한
인간 이다가 말한다. 벌거벗은 벌
거벗은 벌거벗은 온통 그 얘기뿐
이네요. 닥터는 기뻐한다. 그는 그
녀를 끌어냈다 약간의 교육을 시
켰다 몇 가지 암시들을 삽입했다
이제 겨우 두 번째 상담인데! 이
다도 기쁘다. 그녀의 격자망은 온
전하다. 똑똑한 격자망. 안전하고
사랑스러운 그림자들이 뇌를 가
로질러 스스로를 쫓아다닌다 그
녀가 거기 켜두는 특정한 약한 빛
속에서. 집의 빛. 그 격자망을 봐.
필요한 게 있으면 말해요 돼지 닥
터가 말한다. 그의 허기가 그에게
서 나는 냄새 같아서 그녀는 고개

를 돌린다. 하지만 그녀의 아버지
가 가르쳐준 신성한 지배력을 발
휘한다. 적을 귀빈처럼 대접해라.
종이를 좀 주시면 벌거벗은 것들
을 그려볼게요 그녀가 말한다. 당
신이 벌거벗은 걸 원하니까. 돼지
닥터가 얼굴을 붉힌다. 시간이 다
되었다. 이다 퇴장. *세잔 추구* 그
는 서류에 기록한다.

좋아 보이는군 이다 / 빈정대는 건 도움이 안 돼 / 넌 내 소 떼를 내팽개쳤어 / 네가 그리웠어 제리. 그런데 벌써 야단을 떠는군 /

제리라고 부르지 마 / 여기 아니면 감옥에 가야 했어 / 체포된 거야 / 그렇다고 할 수 있지 / 어쩌다가 / 빨래방을 털었지 / 젠장 이다 / 몇 가지 작은 문제들을 제외하곤 괜찮았어 / 작은 문제들 / 비번인 경찰이 하필 거기서 빨래를 하고 있었지

/ 경찰 / 내 총을 잡아채서 건조기에 던졌지 / 총 / 거기서 녹았어 / 네 총이 녹았다고 / 플라스틱이었거든 / 상상이 돼 / 고가도로 밑에서 주웠어 어쨌든 그게 말이야 / 듣고 있어 / 무장강도 미수는

이다에게 철창을 의미할 수 있어서 이다는 생각이라는 걸 좀 했지 / 거래를 했군 / 거래 무슨 거래 이다가 거래에 내놓을 게 뭐가 있어 / 좋은 질문이

야 / 아니 난 조울증을 내놨지 /
정신병이라고 속였군 / 혈색소침
착증 흑담즙 발끈하는

성미 그래 맞아 체크리스트를 열거했지 / 법정에서 /
뒷좌석 / 무슨 뒷좌석 / 경찰차

뒷좌석 경찰서로 가는 길에 뒷좌석에서 경찰이 나한
테 드라이섹스를 했지 / 젠장 이
다 / 그리고 너희들이 여기 있다
는 걸

알았으니까 / 처음으로 돌아가서 소 떼는 어떻게 했
는지 말해봐 / 맥헤크가 데리고 있
어 / 누구 / 맥헤크 중위 새드의
부대에서 온 그 사람 / 생면부지의
사람한테 내 소 떼를 줬다는 거지
/ 맥헤크가 돌볼 수 있어 / 이다
말해봐 사실이 아니지 / 소리 좀

그만 질러 / 소리 지르는 게 아냐 / 너 머리에 불 붙
었어 / 그래서 어떻게 됐는데 / 눈
알이 튀어나오고 눈썹이 지글지
글 타지 / 소 떼 말이야 / 맥헤크

가 너한테 전화할 거야 내일 그다
음 날 / 오 잘됐네 / 제리 난 힘든
상황에서 최선을 다했어 / 난 네
가 내 소 떼를 내팽개쳤다는 걸 믿
을 수가 없어 힘든 상황은 젠장!
그리고 우리가 여기 있다는 걸 알
았다니 무슨 소리야 우리가 여기
있는 걸 아는 사람은 아무도 없어
/ 그래 새드는 어때 / 우리가 여기
온 건 완전히

우연이야 아무도 몰라 / 그는 어떠냐고 / 네가 내 소
떼를 생면부지의 사람한테 맡기
고 빨래방에서 놀았다는 걸 믿을
수가 없어 / 제르 구멍은 무엇으
로 만들어져 / 수수께끼야

/ 아니 / 그 자체 구멍은 그 자체로 만들어지지 / 나도
그렇게 생각해 / 제르라고 부르지
마 / 알았어

긴 몸은 언제나 놀랍다. 실제 접촉은 긍정적이지도 부정적이지도 않은 체험이다 그들 각자가 시인 하겠지만 아무도 그러지 않는다. 새로운 자연의 지대가 열린다. 아무도 먼저 발을 들이고 싶어 하지 않는다. 그래서 그들은 섹스 후에 그들이 싫어하는 북쪽 날씨에 대해 이야기하고 서로 조언을 해준다. 새드는 거울 같은 얼음 위에서 정지마찰력을 얻는 법에 대해 말한다(자동차 바퀴에 표백제를 뿌린다) 그녀는 호수나 강에 가라앉은 시체를 찾는 법을 알려준다(물살을 따라 빵 한 덩어리를 띄운다). 빵 덩어리가 시체 위에 멈출 거라고 그녀가 말한다. 한편 병원의 다른 방에서는 G가 다닐 카름스 꿈을 꾸고 있다. 그들은 종이 차를 타고 달리고 있다. G가 커다란 신문용지 뭉치를 길게 뻗은 도로 모양으로 잘라 차창 밖으로 몸을 내밀고 차 앞으로 던진다. 조수석에 앉아서 하기가 힘든 일이고 다닐 카름스는 도로에서 벗어나지 않기 위해 계속 방향을 틀어야만 한다. 그가 싫증이 나기 시작한 걸까? G가 걱정한다. 다닐 카름스가 그에게로 고개를 돌린다. 나 가명 하나만 잘라줘요 그가 말한다. G는 부끄러움에 얼굴이 새하얘진다. 그건 생각조차 못 했다! 다닐 카름스는 구조될 수도 있었다! 그는 벨소리에 흠뻑 젖어서 벌떡 일어나 앉는다. 전화.

여보세요 여보세요 맥헤크입니다 / 당신은 잠도
안 자나요 / 소 떼 보고예요 / 소
떼에게 무슨 일 생겼나요 / 소 떼
에겐 아무 일

없어요 / 확실해요 / 백 퍼센트 / 다들 먹어요 /
잘 먹어요 / 다들 싸요 / 잘 싸요 /
기생충은 없고요 /

기생충은 흔적도 없어요 / 기분은 어때요 / 이오가
슬퍼해요 / 하지만 감당하고 있나
요 / 잘 감당하고 있죠 / 기대했던
것 이상이네요 /

맥헤크는 자질구레한 일들에는 유능해요 / 당신에게
신세를 졌네요 맥헤크 / 다른 주
제로 넘어가죠 / 말해봐요 / 우리
둘의 친구 새드 중사 /

예 / 72시간마다 전화를 걸게 되어 있어요 / 아 /
우리는 그가 문제를 바로잡기를
제안해요 / 전해줄게요 / 우리는
당신을 믿어요

/ 그는 요새 엉망이에요 / 대화를 나눌 수가 없어요 /
그는 다시 술을 마시고 있어요 /
이 속담 어때요 / 말해봐요 / 이면
에

이면이 없으면 앞을 주시해라 / 그러기엔 너무 늦었
어요 / 최선을 다하세요 / 잘 자요
중위 / 통신 끝

특정 복도들에서 특정 문들의 특
정한 딸깍거림. 세탁실 문. 특정한
한밤들. 그는 그 방 바로 아래에서
자거나 자지 않는다. 침대에서 뻣
뻣이 굳은 채 소리를 깨문다. 그
후의 공백도. 그의 귀가 뒤엉킨다.
성적 질투? 정확히 그건 아니다.
하지만 비교가 개입되어 있다. 비
교는 우리를 스스로에게 덜 흥미
로운 존재로 만든다 안 그런가. 우
리의 마법이 우리의 몸을 축소시
킨다 다른 이의 시선 아래에서 가
식을 부리지 못하게 한다. 이다는
지금 가식을 부리고 있다. 그는 이
다가 어떻게 새드를 연인으로 보
게 되었는지 궁금하다. 그는 그녀
가 지금 누워서 빨래통들 바구니
들 선반 위에 줄지어 선 많은 표백
제들 사이로 천천히 움직이는 달
빛을 보고 있는지 궁금하다. 남자
들은 섹스 후 바로 잠이 들고 여자
들은 그것에 익숙하다. G는 결코
그러지 않았지만. 달빛을 받은 다
리미판들이 관중을 의식하는 말

들처럼 보인다.

사실 오늘밤은 달이 없다. 이다는 방 자체를 보고 있
다. 방이 쓸쓸해 보인다 일이 필요
한 방. 그녀는 어렸을 때 그냥 보
기 위해 백화점에서 밤을 새운 적
이 있었다. 그녀는 아무것도 훔치
지 않았다. 아무도 보는 사람이 없
을 때 백화점이 어떤지 알고 싶었
다. 그녀는 스케치북을 가져갔으
나 어둠 속에서는 무언가를 하기
가 어렵다는 걸 깨달았다. 그녀는
자신의 손가락들을 빤다. 연기 맛
이 나는 그의 뒷맛. 어땠어? 그가
첫 섹스 후에 물었다. 포크 없이
파이를 먹는 것 같았지 그녀가 말
했다. 그가 미소 지었다. 나도 포
크에 대해 알아 그가 말했다. 그것
이 두 사람이 가장 가까웠던 순간
이었다. 그녀가 공포를 지나 발걸
음을 떼도록 영감을 주었다. 자신
의 실수들의 영역을 벗어났다고
믿게 해주었다. 하지만 다음 순간
그가 말했다 있잖아 이다 나는 누
가 나를 너무 많이 좋아하는 걸 좋
아하지 않는 남자야 그리고 다른

날 밤에는 사랑은 우리의 마음속에서 무성하게 자라는 풀이며 우리를 어리석게 만든다고 말했다. 파이는 이제 끝. 그녀는 팔꿈치를 괴고 새드를 바라보며 스케치북이 있었으면 좋겠다고 생각한다. 그들은 어딘가에서 오는 약한 빛 속에서 바닥에 쌓인 매트리스 커버들 위에 누워 있다 너무도 쉽게 존재하지 않을 수 있는 밤. 지금까지 새드를 그린 그림들은 아주 적다. 그녀는 그의 지갑 속 사진들을 보았고 우물에 안경을 빠뜨린 날 찍은 그의 아버지 사진을 베껴 그렸다. 사진 속 그는 지금의 새드보다 젊어 보인다 *나는 이미 너무 많은 것들을 봤어*라며 새로 안경을 맞추기를 거부한 이 아버지. 새드가 잠결에 신음 소리를 낸다. 그녀는 그를 만진다. 밤의 뼈들이 아직도 형성되고 있다. 그들은 뻣뻣하게 일어나 옷에 몸을 쑤셔 넣고 커다란 문을 향해 더듬더듬 나아간다. 미끄러지듯 빠져나간다. G가

복도 벽에 기대어 무릎을 세우고
앉아 있다. 안녕 G가 말한다.

시간을 보내기 위해 프루스트에 대해 생각한다. 프루스트는 얼마나 장난꾸러기인지. 알베르틴 말이다. 5권에서 마르셀이 침대에 엎어져 있는 알베르틴 주위를 배회하다 그녀 옆에 몸을 뻗고 눕는 동안 네 페이지에 걸쳐 그녀가 계속 잠들어 있다는 게 진짜로 믿을 수 있는 일인가. 그는 그녀의 입술을 만진다 뺨을 쓰다듬는다 그녀의 다리에 자신의 다리를 댄다 그러고는 의자에 던져둔 기모노를 한참이나 바라본다 기모노 안주머니에 그녀의 편지들이 모두 들어 있다. *Albertine continuait de dormir*(알베르틴은 계속 잔다). 그는 그녀가 잠들어 인간성을 잃고 그저 하나의 식물로 있는 게 더 좋다고 말한다. 그에게 거짓말을 하거나 그의 앎을 피할 수 없는 잠자는 식물. 가엾은 마르셀. 알 게 뭐가 있다고.

G는 빨강 펜으로 프루스트가 그
녀가 말해주지 않을 것에 대해 방
금 생각한 여자의 눈의 순간적으
로 손상된 표면*에 대해 이야기
하는 문장에 밑줄을 그었다. 그 문
장은 동공의 균열을 따라가다가
그 자체의 비자발적 깊이 속으로
도로 사라진다. 깨는 거 조심해.

* 그녀가 말해주지 않을 것에 대해 방금 생각한 여자의 눈의 순간적으로 손상된
  표면에 대한 프루스트의 글,《소돔과 고모라》1권(파리: 플라마리옹. 1987) p.189.

거짓말들 하얀 거짓말들 반쪽짜리 거짓말들 거짓말의 조합들 노골적인 거짓말에 이르고 그것에서 멀어지는 비개연성의 정도들 그것들이 단순한 질문들에 대한 알베르틴의 대답들의 고고학 속에 켜켜이 쌓여 있다. *L'après-midi d'Albertine*(알베르틴의 오후) 이 잃어버린 도시에서 가엾은 마르셸은 저녁마다 진실의 파편을 찾기 위해 박살 난 단서들과 해독할 수 없는 증거들을 열띠게 파헤쳐야 한다. 오늘 어땠어? 이 질문에 너무도 많은 것들이 걸려 있다. 우리는 진실로 그걸 알고 싶어 하지 않는다. 그런데도 그는 계속 파헤친다. G라면 새드가 자는 모습을 지켜보는 걸 견딜 수 없었으리라.

너 야위어 보여 체중이 줄고 있는 거야? 새드가 G에게 그렇게 말하고는 울기 시작한다. 세탁실 문이 그의 뒤에서 엄숙하게 닫힌다. G는 할 말이 산더미 같았는데 그 말들이 다 사라져버렸다. 조용히 하자 이다가 속삭인다. 그들은 서로를 바라본다 그들 셋 모두 자신들이 마치 추위에 몸이 언 여행자들이 난로를 둘러싸듯 복작거리며 모여 있는 이 순간을 이해하고 싶어 한다. 그들은 작고 반짝이는 세상을 원하고 얼핏 그걸 본다. 새드가 외면한다.

정리해 그가 휘청휘청 복도를 걸으며 말한다. 내 삶을 정리해. G는 무릎에 머리를 처박는다. 이다는 복도를 유심히 본다. 암흑물질 그녀는 생각한다. 망원경도 그것에 초점을 맞출 수 없다 과학자들도 그것이 무엇인지 말할 수 없다 하지만 그것은 우리가 보는 걸 다 합친 것보다 무겁다. 그녀는 언젠가 라디오에서 암흑물질 전문가의 말을 들은 적이 있는데 이제야 이해가 간다. 복도는 암흑물질로 가득하다. 그녀는 G 옆에 앉는다.

연어 G가 묻자 이다가 대답한다. 어떤 대화는 그 주제와 동떨어져 있다. *대화*라는 단어는 '함께 돈 다'는 의미다. 연어를 돈다 집을 돈다 희망에 찬 신 프로메테우스 를 돈다. 그의 삶을 정리하는 걸 돈다! 배신은 돌지 마라 키스도. 밤의 뼈들. 낮에 자는 사람. 여자. 완전한 알몸이 아닌 완전한 그 자 체가 아닌. 다음 생에 뭐가 되고 싶어. 연어. 왜. 구조(救助). 어떻 게. 연극. 누구의. 대본 읽기. 언 제. 금요일. 아니. 그래서 그곳을 오락실이라고 부르는 건가.

그의 사진들은 돌지 마라 며칠 전
에 그가 사진들을 들고 나와 바닥
에 늘어놓았다 내가 말했다 누가
얼굴들을 도려냈지. 그가 말했다
나는 잠을 잘 수가 없어 나는 자고
있을 때 무슨 생각을 해야 하는지
기억이 안 나 내가 말했다 왜 생각
을 해 그냥 자. 그가 말했다 나는
풀밭에서 그녀의 피 묻은 안경을
발견했어 다른 건 아무것도 남지
않았을 때 심지어. 심지어 뭐 내가
말했다. 심지어 그 씹멍청한 흰색
비닐 쇼핑 그녀의 가족도 아무것
도 할 수 없었지. 묻어준다 신원을
확인한다 계속 돈다. 렌즈 하나가
박살 났어 다른 하나는. 왜 잘랐어
내가 물었다 그가 말했다 그들에
겐 더 많은 그림자가 필요했어. 멀
쩡했어. 다른 하나는 멀쩡했어. 다
른 하나는 멀쩡했어.

명석한 아내

알다시피 눈물은 다 같은 게 아니다
어떤
사람들은 바람 속에서 울고
다른 이들은 슬픔 속에서
감정적 눈물은
그 안에 고농도
망간을 함유하며
자극성 눈물에는
그것이 결여되어 있다
그 모든 은밀한 젖의 그릇들
그는 쉽게
운다 우리는 그걸 그냥 안다 오
그의 아빠는 희망들을 품었다 하나의 작은
전쟁놀이가
무엇이든 곧게 펴서 뻣뻣하게 해서
어둡게 해서
그의 비명을
등뼈 같은 것으로 하지만 보라
그가 널빤지에서 널빤지로
기어가는 것을
그리고 커다란 제우스 눈이
그의 모든 정오를 뚫고 있다

안녕 찢어진 영혼이라고
말하기는 너무 쉽지 여기 그림이 있다
그는 그림 사이로 떨어진다 결국
그는
다시 기어 올라가야 한다
존재하는 건 기어 올라가는 것

그것의 미래 전체가 그의 눈으로 뛰어든다. 방들은 늘 그를 깜짝 놀라게 한다. 문간들. 호머의 청동 입은 영웅들은 더 나은 생각을 갖고 있었다. 때맞추어 미래를 등지고 과거를 향해 섰으니까 그건 얼마나 다행스러운 일인가 4NO는 생각한다. 그 이야기를 할 때마다 CMO는 호머는 그런 의미가 아니었다고 말한다. 명문 사립고등학교 남학생 둘이 호머를 두고 입씨름한다 종종 4NO가 CMO를 상명청이라고 부르는 걸로 끝나는 걸 제외하면. 이것이 TV에 잘 먹힌다. 애초에 그가 토크쇼를 하겠다고 한 건 CMO를 기쁘게 하고 병원비를 갚기 위해서였지만 그는 TV를 생략된 눈과 똑같은 질문들을 지닌 TV 진행자들을 좋아하게 되었다. 예언자가 되면 어떤가요 등등. 시청자들도 그를 좋아한다 ― 키 크고 외설적이고 자신이 이치에 닿는 말을 하는지 신경 쓰지 않는다. 그는 자신이 고함을 질러댈 수 있음을 점차적으로 깨달았다. 그건 마치 분노에 찬 몽유병 같았다. 하지만 오늘은 상황이 다르다. 오늘 그는 잠에서 깨어 빛나는 상태로 방 안 가득한 사람들 속에서 자신의 연극 대사들을 듣고 싶은 마음이 간절하다. 이것을 위해 깨어 있고 싶은 마음이 간절하다. 그는 몸소 모든 부분들을 읽을 것이고 이제 다른 생각은 무시한다. 대본 읽기는 5시로 예정되어 있다. 그는 의자들을 놓기 시작한다.

푸른색 의자들(20) 입원환자용. 회색 의자들(10) 방문객용. 예약석 의자들(8) CMO용. 새드가 누울 자리. 음악 반주용 냄비들(이다의 아이디어) 그런데 냄비들은 어디 있지? 그는 찌푸린 얼굴로 주위를 둘러본다. 이다 등장. 냄비를 잊었네 그녀가 말하고 돌아선다. 잠깐 이거 가져가요. 그가 커다란 흰색 비닐봉지를 내민다. 어디로 가야 하는지 알아요? 주방은 지하에 있어요 세탁실을 지나고 복도를 내려가서. 그들이 가져가도 된다고 하는 건 다 가져와요 그가 말한다. 이다 퇴장. 4NO는 눈을 감는다. 갑작스러운 걱정을 무시한다. 스트레칭을 시작한다.

그 문간의 이다 한순간이면 많은 것들이 변할 것이지만 그녀는 오랫동안 문간으로 돌아오지 않는다. 지하에 무슨 일이 있는 거지. 이다는 지하에서 자주 길을 잃는다 사실은 어디서나 자주 길을 잃는다. 지도나 나침반이 있어도. 그녀에겐 공간들이 형상을 바꾼다 아무것도 맞지 않는다 덩어리들이 떨어져나간다 진짜 날(day)의 이면. 슈퍼마켓에서 파는 책《당신은 다시는 길을 잃지 않을 것이다: 방향감각 향상을 위한 지침서》가 1장('당신의 현 위치')과 2장('수단들과 태도')까지는 도움이 되었지만 왜 거울은 당신의 영상을 왼쪽에서 오른쪽으로 바꾸면서 위에서 밑으로는 앞에서 뒤로는 바꾸지 않는 걸까?라는 질문을 제기한 3장에서 무서워졌다. 그녀는 옆걸음질로 거울에 다가가며 자신의 뒤통수를 놀라게 하기를 바라고 바라지 않았다. 이 책의 도표들을 들여다보는 건 그녀의 뇌에

그렇게 고통스럽지는 않은 합리
적인 주름을 만들었다. 4장('3차원
물체의 정신적 회전')에는 A, B, C
표시가 된 작은 벽돌들의 흑백 스
케치가 들어 있었는데 그 벽돌들
은 있을 법하지 않은 방식으로 쌓
여 있었다. 제일 깔끔한 그림이었
다. 그녀는 그걸 열심히 들여다보
았고 뭔가 잘못된 듯한 기분이 점
점 더 강해져갔다. 벽돌들의 삭막
함이 집에서의 크리스마스를 생
각나게 했다. 그녀는 책을 치웠다.
그래서 4NO에게 비닐봉지를 받
고 문간에서 돌아설 때 그녀는 벌
써 신경이 들쑤신다. 주방으로 가
는 길에 영리하게 아래로 내려가
는 사람을 따라가 아무 생각도 하
지 않고 모래에 구덩이를 파듯 *빠*
르게 도착한다. 아무 생각도 하지
*않은 것*이 중대한 실수였음을 돌
아오기 시작할 때 깨닫는다. 그 책
은 가는 길에 주의 깊게 관찰할 것
을 강조했다. 또 서두르지 말고 패
닉에 빠지지 말라고. 또 네온 케이

블 타이를 가지고 가서 높은 나뭇
가지에 묶으라고. 그녀는 이제 넘
비들로 묵직한 비닐봉지를 다른
손으로 바꿔 든다. 그녀 주위로 복
도들이 희미하게 갈라져 있다. 친
숙한 세탁실이 어디에도 보이지
않는다.

나 굉장히 그가 방 안으로 몸을 기울이며 말하다가 멈춘다. 자넬 보니 기쁜데 자네가 진짜인지 모르겠군. 자네가 진짜라고 말해주게. 4NO가 거꾸로 그를 보다가 물구나무 자세를 푼다. 밤에 못 잤나? 4NO가 묻는다. 하지만 새드는 의자들을 하나씩 하나씩 다 만지며 방을 돌아다니고 있다. 의자들 그가 말한다. 너희들이 그리웠어. 그의 목소리가 부드럽다. 그의 눈이 방황한다. 4NO는 불안정한 상태로 그를 바라본다. 새드와 새드의 나쁜 미래의 모든 분자가 4NO의 망막 표면을 뚫고 전진한다. 그것들은 마치 완벽한 예술 작품들처럼 하나의 반짝이는 흐름을 이룬다. 그것들은 그를 가득 채우고 현재 순간을 압수한다. 그는 이 견딜 수 없는 과도함에 대항하여 눈을 감고 마음을 한 지점으로 모은다. 그 흰 것을 돌파한다. 그는 눈을 뜬다. 쉬어 병사 그가 새드에게 말한다. 아직 아무도 없어. 난 그냥 스트레칭

하고 있어. 새드는 미소 짓고는 그
러지 않는 걸 잊는다. 미소가 그의
얼굴에 머문다.

이다 여기 길에서 따끈한 우유라
도 이다가 말한다. 움직이자. 그
녀는 비닐봉지를 들어 올리고 어
떤 방향으로 출발한다. 모퉁이를
돈다. 계속 간다. 긴 복도를 내려
간다. 반회전문을 지난다. 다른 굽
이를 돈다. 이제 무모하다. 피부
에 전기가 흐른다. 이것이 몇 세기
는 걸린다. 갑자기 그녀 앞에서 은
빛 턱시도 차림의 남자가 빠르게
걸어간다. 그는 신선한 바람 혹은
세탁물 냄새를 뒤에 남긴다. 그녀
는 소리쳐 부른다 속도를 낸다. 그
는 법원으로 급히 가는 보석보증
인처럼 엄격하고 집중된 동작을
지녔다. 그들은 함께 모퉁이를 돈
다. 계단을 좀 오른다. 그는 낯이
익은가? 그의 은빛 턱시도가 지하
의 어스름 속에서 광택을 낸다. 그
는 걸음을 늦추지 않는다. 몇 세
기. 이다는 짜증이 솟구치는 걸 느
끼며 다시 소리쳐 부르려 하지만
마지막 모퉁이를 돌 때 그는 사라
진다. 그녀는 오락실의 열린 문간

에 도착했고 그녀가 걸음을 멈추
자 요리 도구가 든 비닐봉지가 다
리를 때린다. 방 안 가득한 사람들
이 그녀를 돌아본다.

어떤 이들에겐 격자무늬 스포츠 코트를 입은 놀란 막대기로 보인다. 문간의 이다. 다른 이들은 비닐봉지를 보고 혼동을 일으켜 식료품을 생각하며 집에서의 삶을 그리워한다. 몇몇은 연극이 시작되었고 그것이 주인공이라고 여긴다. CMO는 그녀를 전혀 보지 못한다 그는 휴대전화를 만지느라 바빠서 고개도 들지 않는 대부분의 기부자들과 악수를 나누고 있다. 치매에 걸려 *저리 가 저리 가 저리 가*를 끊임없이 반복하는 버릇이 있는 여자가 그 말을 그친다. 몸을 떨고 밤에조차도 눈을 감지 못하는 남자가 순수한 기쁨의 어조로 *얼마나 매력적인가* 하는데 그건 그가 수년간 잠을 못 자서 단순한 광경에 대해서도 반응이 달라졌기 때문이다. 그 떨고 있는 남자는 새드에게 중요할 것이다 지금 이 순간 이다를 바라보며 자신의 인생에서 가장 슬픈 날이 자신의 앞에 재실현되는 걸 보고

있는 아니 그것은 더 슬픈 것으로
는 오지 않을 것이다 그의 손가락
에서 방아쇠가 당겨지고 총알들
이 발사되는 소리를 따라 전쟁의
물결이 그를 싣고 간다.

그 검은 주변적 움직임은 새드가 4NO를 지나 이다 에게 돌진한 것이고 떨고 있던 남 자가 때마침 그들 사이로 달려들 지 않았더라면 이다를 때려눕히 고 뼈를 부러뜨렸을 것이다. 방이 난장판이 된다. 이다는 아직 똑바 로 서 있다 그녀의 냄비들이 날아 간다. 사람들이 비명을 지르며 달 린다. *저리 가 저리 가 저리 가* 패 닉에 찬 어조로 다시 시작된다. 그 흰색 비닐봉지야(4NO가 자신에 게) 나는 왜 그 생각을 못 했을까. 나는 왜 그 생각을 못 했을까.

옛날에는 (신화에 따르면) 사람들이 저마다 자신이 죽을 날과 시간을 정확히 알고 태어났다. 가련한 영혼들은 다른 생각은 할 수가 없었다. 그들은 공포에 질려 숨도 제대로 못 쉬며 살았다. 그러다 프로메테우스가 경이로운 선물을 가지고 도착했다는 것이 4NO의 연극 주제다. 방 안 가득한 사람들이 *프로메테우스*를 맞이할 준비가 되어 있다가 이제 문간에서 새드와 맞붙은 떨고 있는 남자를 놀란 눈으로 보는데 심지어 이다는 갑자기 노래를 부르기 시작한다.

합창

우리가 당신의 박애주의에 대해

논의해야 할까

프로메테우스

내가 조금 도가 지나쳤다

합창

그게 무슨 뜻인가

프로메테우스

나는 그들이 눈앞에 있는 죽음을 보는 걸 중단시켰다

합창

누구

프로메테우스

인간들

합창

어떻게

프로메테우스

나는 그들의 심장에 맹목적인 희망을 심었다

합창

왜

프로메테우스

그들이 무너지고 있었으니까

합창

당신은 바보

4NO의 〈다시 묶인 프로메테우
스〉 중에서

문화란 무엇인가? 문화는 그 안에 있는 행위들에 찬성하거나 반대하는 것이다. 그러나 만장일치의 찬성은 얼마나 드문 일인가. 이다의 노래 본능은 적중한다. 그녀는 용들이 출현하는 순간 구름을 향한 기우제 기도의 목소리를 높이는 도교 주술사처럼 방을 이온화한다. 모두가 노래한다. 환자들이 노래한다. 간호사들이 노래한다. 주방 직원들이 노래한다. 심지어 기부자들도 노래한다. 무감각한 정상성이 사라진다. 희망이 자유롭게 떠다닌다―저녁 식사에 마카로니가 나오기를 카테터가 빠지지 않기를 진실한 사랑을 할 수 있기를 신약(新藥)이 나오기를 다시 첼로 연주를 할 수 있기를―

그럼에도 불구하고 희망은 현실을 직시하자 대부분 망상으로 판명난다 망상은 '자신이나 타인들과 게임을 하다'라는 의미인 라틴어 *루데레(ludere)*에서 파생된 단어라고 CMO는 다음 날 기자회견에서 폭동이 어떻게 시작되었느냐는 기자의 질문에 길고 애매하게 답변하는 중에 설명하고 있는 자신을 발견한다. 그건 오해였습니다 이윽고 그가 한마디로 요약한다. 그 퇴역 군인이 총을 겨눴나요? 아뇨 그냥 장난한 겁니다. 하지만 누가 다치지 않았나요? 연로한 환자 한 분이 쓰러지면서 머리를 부딪쳤습니다. 당신이 환자를 죽였나요? 이미 노쇠한 상태였습니다 발작일 수도 있어요 부검이 실시될 예정입니다. 그 여자는요? 이다는 괜찮습니다. 그 동영상은 인정하는 겁니까? 그 소녀가 노래할 수 있다는 걸 아나요? 그녀가 발차기를 할 수 있다는 걸 아나요? 여기에서 CMO는 의견을 말하는 걸 피한다. 문간의 이다가 방 전체를 노래로 이끄는 동영상이 실제로 지역 내부와 외부 매스컴에 유포되고 있다. 하지만 그 명예의 순간들은 이다에게 거의 기쁨을 주지 않는다. 그녀에게 남은 문간에서의 주된 기억은 새드가 검은 눈에 살기를 품고 바닥에서 일어나 그녀를 공격하기 위해 달려든 것이다. 증오에 찬 새드. 낯선 새드. 그녀는 킥복싱으로 그를 때려눕히고 계속 노래를 불렀다.

쟁기로 밭을 가는 일은 잔혹할 수 있다. 끄는 일도 그렇다. 이오는 느릿느릿 걷는 걸 더 좋아한다. 소 떼 앞 평소의 자리에서 평소의 지도자 역할을 하면서 평소의 여름 목초지로 가는 길. 아직 여름은 아니지만 그들은 가고 있다. 그건 평소와 다르다. 맥헤크가 그녀보다 살짝 뒤처져서 걷는다. 그도 평소와 다르다. 바람이 북쪽에서 불어온다. 평소처럼. 그녀의 머리가 간지럽다. 평소처럼. 그녀는 걸음을 멈추고 머리를 숙여 가시금작화 덤불에 한쪽 뿔을 비빈다. 가시금작화에서는 흥미로운 냄새가 난다. 그녀는 가시금작화를 조금 물어뜯어 거의 이가 없는 윗턱에 대고 씹느라 잠시 서 있는다. 이 가시금작화는 특히 더 자극적이다. 반쯤 발효되어 하루 종일 그녀를 약한 환각 상태에 빠져 있게 할 것이다. 어쩌면 그리 약한 환각 상태가 아닐지도.

명석한 아내

시와 산문의 차이는 무엇인가
옛 비유들을 아는가 산문이
집이라면 시는 불길에 휩싸인 채 그 집을
빠르게 달려 통과하는 사람
혹은
마음과 만날 때 물결이 이는 것(시) 혹은
둘 다 행의 길이에 의해
규정된다 *그리고 삶이 그렇게 되는*
때가 있어요 이다가 속삭인다 어떻게
된다는 거죠? 뉴스 앵커가 몸을 기울여
이다의 화면발 잘 받는 얼굴을
들여다보며 말하지만 이다는
아무 말도 하지 않는다 앤디
(화면발 이야기를 하자면)
워홀처럼 그녀는
TV에 거짓말쟁이
혹은
바보로 비치는 것에
초연하다

진실을 원한다면 신발을 신고 있었던 사람에게 물어보세요 폭동 다음 날 꼬치꼬치 캐묻는 금발의 TV앵커에게 말한다. TV에서는 그날 오락실에서 4NO의 연극 대신 일어난 일을 폭동! 이라고 부른다. 차분히 앉아서 병원에서의 일상생활에 대한 질문들에 답하고 있는 이다의 가슴속에서 눈물이 쏟아지지만 눈에서는 아니다. TV 앵커는 조금 숨을 헐떡거린다. 어떻게 그걸 끌어넣지.

그날 밤 그들은 자살방지복 차림의 새드를 데리고 도망친다 자살방지복을 벗길 수가 없어서 그들은 그를 그대로 차에 태운다. 모두 별로 할 말이 없다. 도로가 희끄무레한 푸른색으로 빛난다. 그들 뒤로 빙하가 작아진다. 새벽이 가까워서 4NO가 차를 몬다. 길 알아? G가 뒷좌석에서 말한다. 나는 우리가 거기 닿는 걸 볼 수 있다고 말해두지 4NO가 말한다. 그게 같은 말은 아니지 안 그래? 직접 운전하고 싶으면 해. G는 침묵에 빠져든다. 그들은 해안을 따라 달린다. 바다는 마비된 검은 광택을 지녔다. 약에 취한 새드가 이따금 앞으로 고꾸라진다 G가 그를 도로 쿠션 쪽으로 밀어준다. 이 투명한 사람들은 누구인가? 새드는 궁금해하다가 다시 잠이 든다. 조수석의 이다는 돌아보지 않는다.

그의 코를 그녀에게 댔다. 차갑고 축축하고 미끌거리는 그게 그녀의 마음속에서 연속적으로 재생된다. 마지막 상담. 그는 자신에게 그녀가 유용한 존재임을 분명히 밝혔다. 병원 유명 인사로서의 그녀의 미래. 일련의 미니 다큐멘터리들 제작자 상표명. 그녀의 손목에 댄 그의 코 그 목적성 그것의 축축하고 차가운 미끌거림 아니면 그의 망각이 그녀로 하여금 회전하면서 그의 숨통에 발차기를 날려 어색한 각도에도 불구하고 그를 사무실 밖 복도로 나가떨어지게 만든 것일까. 그녀의 발차기는 이 작지만 중대한 전환점의 멋진 시작과 끝을 장식했다. 그녀가 새드의 목에 발차기를 날린 사건이 전환점의 시작이 되었으니까. 하지만 지금 그녀는 약간의 혼란을 느낀다. 열 살 때 아버지에게 발차기를 배웠다. 아버지는 그녀의 현재 상황에 대해 어떻게 생각할까? 그답게 *이다 너 자신에 대*

*해 기뻐하지 마라*라는 눈빛을 보
낼까? 그는 홍역에 걸려 응급실에
실려 갔다가 어떤 정신없는 의사
가 성홍열 환자와 같은 방에 넣는
바람에 죽고 말았다. 해당 법 조항
이 있으니까 *그 개새끼들 고소해
버릴 수 있어요* 사람들이 장례식
에서 이다와 어머니에게 그렇게
말했지만 누가 그럴 용기가 있었
겠나. 그녀는 아버지의 낮은 목소
리를 기억하려고 애쓴다. 둘이 연
습할 때 아버지는 아주 살짝 쿡 찌
르는 것으로 그녀의 자세를 바로
잡을 수 있었다. 이건 어때? 아버
지는 그녀의 팔꿈치를 1센티미터
왼쪽으로 움직이며 조용하게 중
얼거렸고 그러자 팔에 힘이 번갯
불처럼 일었다. 그녀는 아직도 몸
과 타이밍으로 그 형체를 느낄 수
있다. 단 한 번만이라도 아버지 목
소리를 들을 수 있다면 얼마나 달
콤할까. 하지만 눈 귀퉁이에 무언
가가 포착된다. 차창 밖을 흘끗 보
니 은빛 턱시도를 입은 남자가 지

평선에 시선을 박은 채 차 옆을
경중경중 뛰고 있고 그의 주위로
공기가 썻긴 듯 광채가 난다. 그
녀는 차창을 내린다. 밝은 냄새가
차 안으로 흘러든다. 아는 사람
아닌가? 그녀는 그 생각은 나중으
로 미뤄두고 차창 밖으로 고개를
내민다. 태워드릴까요?

어디 가세요 / 길을 따라 조금 더
가면 돼요 / 왜

뛰어가세요 / 오 자주 그래요 / 누
구

만나세요 / 예 / 누구요 / 모르는
사람 / 서로

어떻게 알아보죠 / 이상한 방법으
로요 / 당신들

두 사람 모두에게 이상한 / 그게

문제가 되었을 겁니다 / 이제 더
이상 문제가 안 되고요 / 예

헤르메스가 차에 타면서 모든 것
이 달라진다. 그들은 그가 헤르메
스라는 걸 모른다. 그들이 죽음을
향해 가고 있음을 모른다. 다만 운
전석에 앉은 4NO만이 이례적으
로 높은 광자계수를 체험하고 그
결과 시각피질의 피로를 느낄 뿐
이다. 새드가 깨어난다. 이다가 돌
아본다. 그들은 서로에게 미소를
보낸다 차 안을 눈부시게 만드는
미소. G는 강하게 밀려드는 질투
더하기 사랑 더하기 미움에 소리
내어 웃는다. 그러다 외친다 저 앞
에 있는 빨강은 뭐야?

안으로부터의 미소(그) 이 미소
는 G가 은빛 턱시도 차림의 남자
에게 자리를 내주기 위해 한쪽으
로 비키면서 떠밀려 나온다. 그의
오른쪽으로 밀착해오는 G의 몸이
추억의 눈사태를 부른다 한때 그
의 사지에서 줄달음치던 모든 옛
기쁨들이 쏟아져 내린다. 그가 알
지 못하는 여자가 앞좌석에서 돌
아본다. 그녀의 이빨들이 굉장하
다. 그녀는 물을 마시러 웅덩이로
내려오는 암사자처럼 그 이빨들
을 드러낸다. 손의 결박을 푼 그
는 그 암사자의 목을 조를 생각을
한다. 하지만 어쩌면 그녀를 아는
지도 모르겠다. 그는 잠시 멈춘다.
누군가 소리를 지르고 있다. 미안
그가 말한다 소리 지르던 사람이
나였나.

안으로부터의 미소(그녀)는 순전
히 허세다.

명석한 아내

화산을 기대하지 않았다고
말하지 말라 나쁜
사랑조차도 길들일 수 없는 저
빨강 날개는
무언가 어딘가에서
불길 속에서 올라가거나
(프루스트의 말대로)
쾌락 속에서 영원해지는 걸
의미해야만 한다
폼페이의 악명의 집 *
남자들처럼
그러나 명예는 악하지 않다
그럼에도 불구하고
이 이야기에서 새드는
가망 없는 인간일지도 모르나
이오는 자유로운 투신을
준비하고 있다
한 눈은 소 떼를
나머지 눈은
화산쇄설암의 빛을 보며

* house of ill fame - 매춘굴이라는 의미로 쓰임.

그의 이에서 바스러지는 씨들이
그의 혀에 자극적인 빨강 크림을
발사한다. 맥헤크는 어둠 속에서
석류를 먹고 있다. 그는 쓴 막을
피해 칼끝으로 씨를 하나씩 빼낸
다. 그의 턱수염과 손에 얼룩이 졌
다. 희미하면서도 거친 향기가 공
중에 피어오르고 이오가 환각에
빠진 것처럼 흥미를 보인다. 발효
된 가시금작화에 아직 취해 있는
그녀는 그가 땅바닥에 책상다리를
하고 앉아 있는 곳으로 어슬렁거
리며 걸어온다. 나머지 소 떼는 바
위취 밭에서 자고 있다. 그녀는 맥
헤크를 살펴보더니 짙은 그림자가
드리워진 황금빛 눈을 천천히 한
번 끔벅이며 혀를 내민다. 아무도
다른 이의 황홀경에 대해 알 수 없
지만 맥헤크가 칼날에 붙은 석류
씨 네 알을 이오의 혀 위 거무스레
한 홈에 떨어뜨리자 그녀는 온몸
으로 전율한다. 모든 싹이 이런 맛
이지 맥헤크는 생각한다. 이오는
천천히 그리고 거대하게 땅에 주

저앉는다. 그들은 함께 주위의 산
들에서 배어 나오기 시작하는 하
루의 첫 푸르름을 들이마신다. 이
오가 맥헤크의 무릎에 뿔을 기댄
다. 정적이 그녀의 한숨 위로 올
라선다. 늦은 별들이 그들을 지켜
본다.

늦은 별들이 같은 밤에 어떤 다른 이들도 지켜본다. 병원에서는 대피 절차가 진행 중이다. 다양한 화산학자들이 그에게 용암류의 타이밍과 방향에 대한 다양한 예측들을 해주고 있지만 CMO는 박쥐들이 배트캐트래즈를 떠날 때 갈 시간이 되었음을 안다. 그는 먼저 4NO의 방을 살살이 뒤져 4NO의 연극에 대한 메모를 찾아 챙긴다. 이다의 방은 휘파람처럼 깨끗해 보인다.* 그는 이다의 벽장과 매트리스를 뒤지며 그 표현에 대해 생각한다. 물론 그녀는 자신의 스케치북을 가져갔다. 휘파람은 깨끗할 게 없다. 그녀는 휘파람을 불며 그의 삶의 이 늦은 계절을 지나갔다. 그는 불만 없이 겨울에 이르렀다 인간의 의상을 입고 편안함을 느끼는 법을 배웠다. 불쌍한 것 어떤 의상이 이다를 견뎌낼 수 있을까. 사기(詐欺)라고는 없는 인물 그래서 그녀의 모든 불법행위들에도 불구하고 무질서의 적. 지나가면서 자신

---

* clean as a whistle - '먼지 한 톨 없이 깨끗하다'는 의미의 관용어.

의 영혼을 앞으로 분출하는 사람.
용암처럼. 그는 고르지 않게 웃는
다. 그는 그들 넷의 도망에 놀라
지 않았으며 자신이 어떻게든 그
걸 이용할 것임을 안다. 하지만 그
의 수다 인생의 큰 덩어리 하나
가 사라졌고 그에겐 수다가 필요
하다 수다는 그를 역동적이게 해
준다. 그는 늘 움직이는 사람이다
그는 계속해서 진동할 필요가 있
다. 행위와 행위 사이에서 그는 추
락한다. 혼자인 걸 견딜 수가 없
다 조용한 시간을 싫어한다 다른
사람들은 고사하고 자신에 대한
성찰에도 별로 흥미가 없다. 아니
더 정확히 말하자면 사람들을 좋
아하지 않는다 그들 안에서 흐르
는 것에 관심이 있을 뿐이다. 그리
고 대개 그걸 받아들인다. 의대에
서 교수님이 그를 다른 사람들의
미로를 삼키는 미노타우로스라고
불렀다. 좋아요 정신과로 가겠어
요 그가 말했다.

알고 보니 다른 사람들의 미로는 따분했다. 4NO만 아니었다면 차 고치는 일로 돌아갔을 것이다. 프로메테우스 행세를 하고 늘 *모든 게 흰색*이라는 간결한 불평을 하는 4NO는 정말이지 하늘의 선물이었다. 그는 끊임없이 불꽃을 튀기며 변했다 4NO에게 배터리를 꽂으면 1년은 갈 것이다. 예언자가 되면 어떤가? CMO는 늘 4NO의 예지력을 의심하는 척하지만 사실은 그걸 이해하지 못하는 것이다. 분명 그는 다른 사람들과 다른 정신세계에서 살고 있으며 그 다름은 누가 월드컵에서 우승할 것인가를 예언하는 문제가 아니다. 4NO는 모든 순간을 5초쯤 앞서 보는 듯하다. 예언자들이 미래를 보는 시야의 폭은 다양한 걸까? 아마도 이사야는 40년이나 한 세기의 폭을 가졌으리라. 4NO는 5초. 어느 쪽이든 난처한 일이다 ―미래로부터의 미가공 데이터에 껍질이 벗겨지거나 털이 깎이거나 얼룩지거나

포화되거나 넘쳐흐르거나 짓밟히
지 않은 현재의 순간을 가질 수 없
으니까. 육안의 순간을 가질 수 없
으니까. 그걸 감안하면 4NO는 매
우 잘 기능한다고 볼 수 있다.

이사야보다 낫다고 CMO는 생각한다. 이사야는 지나치게 감정적이었다. 4NO는 자신의 생각을 숨긴다. 가끔 고함을 질러대는 건 사실이지만 대개는 차분한 통제력을 보이며 CMO는 그것이 군대에서 훈련되었으리라 여긴다. 4NO에게 군대는 어떤 것이었을까? 그는 군대 기억이 떠오를 때마다 분노하는 것(새드처럼) 같진 않지만 이따금 사람들이 고개를 돌려버리도록 만드는 이야기들을 한다. 그리고 오 당신은 갈 길이 멀긴 하지만 그래도 곧 아기 머리통을 짓밟으며 재미를 느끼게 될걸 *당신도 거기까지 가게 될 거야*라고 말하듯 격분해서 이야기한다. CMO는 창밖을 내다본다. 자연 그대로의 검은 황무지 냄새가 이다의 방에 침입한다. 용암이 2마일 밖에 있으리라. 그는 수색에 속도를 낸다. 사소하지만 곤혹스러운 발견을 한다. 고무줄로 묶은 어느 무술 교습소 전단지 뭉치. 그는 잠시 이다가 길모

퉁이에서 행인들의 손에 전단지
를 쥐여주는 상상을 한다. 그 상상
을 거부한다. 어쨌든 전단지를 챙
긴다. 이다에 대해서는 아무리 많
이 알아도 충분하지가 않다.

이오는 맥헤크보다 훨씬 먼저 화
산에 대해 안다. 그녀는 고개를 들
고 소 떼를 돌아본다. 소들은 비틀
거리며 일어선다. 눈이 검고 확고
해진다. 조현병 환자처럼 시큼한
땀이 난다. 맥헤크는 나가야 한다
고 결정한다. 소 떼는 싫어한다 멈
칫거리고 뿔뿔이 흩어진다. 이오
는 미심쩍은 태도로 협조한다. 이
윽고 그들은 출발한다. 길을 따라
반 마일쯤 올라가자 절벽 가장자
리에 이르고 모두 걸음을 멈춘다.
맥헤크는 아래를 내려다본다.

아래쪽 계곡에서 차 한 대가 용암이 흐르는 길로 직행하고 있는 걸 모르고 반짝거리며 달리고 있다. 맥헤크는 그 자리에 얼어붙은 듯 서서 검은 구름의 형상이 지평선으로부터 차를 향해 전진하는 걸 그 으르렁거리는 녹은 가장자리를 앞에 있는 세계를 꾸준히 먹어 드는 불타는 발을 바라본다. 시속 40마일로 움직이고 있다. 소 떼는 이제 바깥쪽을 향한 자세로 둥글게 서서 풀무질 같은 숨소리를 내고 있다. 이오는 소 떼와 떨어져서 있다. 그녀는 순간적으로 무릎에 고개를 떨군다. 아직도 가시금작화의 취기에 피가 끓어서 그녀는 자기 같은 걸작은 날 수 있다고 주저 없이 믿는다. 날아야만 한다. 난다. 소리 없이 그리고 맥헤크가 돌아봤을 때 그녀는 공중에 떠 있다.

이상한 금후추가 혈관을 깨끗하게 만들어 이오는 냇 킹 콜이 되어 "개방된 불에서 굽는 밤(chestnut)들"로 시작되는 노래로 솟구쳐 들어가고 엘비스 프레슬리의 노래 가사에서 짐 댄디의 욕망이 피어나듯 밤(night)이 그녀의 머리에서 꽃을 피운다. 엘비스는 어머니와 함께 소파에 앉아 TV를 보면서 사랑 노래 가사를 지었다. "개방된 불에서 굽는 밤들"은 냇 킹 콜이 어느 무더운 여름날 로스앤젤레스 수영장에서 멜 토메와 함께 있을 때 쓴 크리스마스 노래다. 내가 듣기론 그렇다. 사실들은 많은 모순을 품고 있다. 여기 또 하나 있다. 저 아래 계곡에서 G가 4NO에게 차를 세우게 하고 차에서 내려 검고 검어지는 공기를 관찰한다. 그가 시선을 들어 하늘에서 180킬로그램의 물체가 떨어질 때의 속도로 자신을 향해 곤두박질치는 이오를 볼 때 그의 마음속에 냇 킹 콜이나 짐 댄디, 밤들은

떠오르지 않는다. 떨어지는 건 사
실이다. 솟구치는 건 사실이 아니
다. 하지만 G는 별안간 자신이 그
동물을 얼마나 사랑하는지 깨닫
는다. 그는 날개를 활짝 펼치고 한
차례 괴성을 지르며 땅을 떠난다.

우리와 동물들 사이에는 무명(無名)이 있다. 우리는 속(屬)에 관하여 중구난방이다 — *카멜로파르달리스**는 로마인들이 '기린'에 붙인 이름이다(그들에겐 기린이 표범과 교배한 낙타처럼 보였다) 범주를 잘못 알기도 한다 — 사향소는 소가 아니며 염소에 더 가깝다 — 그리고 개개의 동물들에게 이름을 붙일 때 우리는 그들을 사물(점박이) 혹은 미덕(예쁜이) 혹은 그저 다른 자아(밥Bob)로 여긴다.

* camelopardalis — 기린자리.

동물들이 마음속으로 우리를 어떻게 혹은 뭐라고 부를지 우리는 생각해보기를 주저한다.

적절한 이름들 아마도 아닐 것이
다 그들은 대명사라도 갖고 있을
까? 그들은 인간의 역사라는 차갑
고 슬픈 영역 전체를 적대와 다정
한 보살핌 사이를 무의미하게 오
가는 하나의 획일적인 미치광이
짓으로 체험할까? G는 전에 이 모
든 것에 대해 생각해보았다. 이오
의 금빛 눈이 어둠 속에서 그를 향
해 빛난다.

환한 기류들이 공중에서 도약한
다. 그들은 놀라우리만큼 부드럽
게 합쳐져 남쪽을 향한 급강하 곡
선으로 방향을 바꾼다. 날개 달린
인간과 사향소가 전체의 부분들
은 아니지만 서로의 부분들을 이
룬다. G는 짙어져가는 공기에 저
항하여 날갯짓을 하느라 왜 이오
가 더 이상 자신을 향해 떨어지
지 않고 자신의 등 위에서 수평으
로 꾸준히 활주하는지 의아해할
경황이 없다. 그녀가 우렁차게 운
다. 시원하게 방귀를 뀌고 그의 머
리를 살짝 비켜서 멋지게 똥을 싼
다. 그런데 다른 소리는 뭐지? 천
개의 지퍼들이 스스로 열리는 듯
한 물기 많은 기계적 퍼덕거림. 그
는 그 소리를 안다. 그는 위를 흘
끗 본다. 배트캐트래즈의 모든 박
쥐들이 모여서 그와 이오 사이에
하나의 움직이는 층을 이루어 이
오를 태우고 간다. 오늘이 위대한
날로 바뀌어가고 있다. 이오의 머
리와 옆구리를 덮은 긴 보호털이

뒤로 날리는 모습이 구약성서 선
지자의 얼굴처럼 보인다. 아래쪽
계곡에서는 4NO가 되돌아가기
위해 차를 돌린다 차 지붕에서 요
란한 **쿵** 소리가 들려 모두 올려다
본다.

4NO는 차 운전대에 엉킨 채 깬
다. 그는 혼자다. 차 문이 전부 열
려 있다. *더!*라고 외치는 불길에
휩싸인 산들이 그의 앞쪽 시야를
즉시 가득 채운다. 불길들이 하얘
진다. 그는 굵직한 신음을 토해내
며 그 게걸스러운 미래에서 몸을
비틀어 뺀다. 갑작스럽게 잠이 들
곤 하는 그는 그때마다 다른 사람
처럼 깨어 있기를 바란다. *빛의 반
점*이라는 말이 떠오른다. 전기충
격요법의 가장 끔찍한 부분 작은
빛의 반점 의사들이 그에겐 그런
일이 없을 거라고 약속하지 않았
던가. 나중에 받은 열두 번의 치료
도 효과가 없다. 그는 어깨를 으
쓱한다. 차에서 내린다. 병원은 텅
빈 채 서 있다. 검은 재들이 몸서
리치며 그 위로 떨어진다. 그는 누
군가 안에서 이 창문 저 창문으로
뛰어다니는 걸 본다. 벌써 미래가
시작되었다. 그는 이길 수가 없다.
그는 도울 수가 없다. 그는 바꿀
수가 없다. 그는 다시 차에 타서

눈을 감는다.

조용한 방에서 조용한 방으로 G
는 병원을 뒤진다. 벽장들이 조금
씩 열려 있다 바닥엔 줄무늬들이
생겼다 공중에 떠돌던 먼지와 서
두름과 공포가 이제 막 가라앉고
있다. 그리고 모든 창문에서 모호
한 황혼 이 낮 없는 날의 검은 재
들이 체로 치듯 걸러져 내려온다.
그는 귀를 기울이고 그의 청각이
거기에 집중한다. 그는 바깥 안일
까 안 바깥일까. 그는 마음의 바닥
이 없고 그의 침대에 던져진 쪽지
를 펼치기도 하고 펼치지 않기도
한다. *이 번호로 전화해요 어머니
예요.* 복도를 따라 내려간다. 이미
이 순간을 안다. 그 단단한 껍질
이 벌어졌다. 몇 해가 지난다. 쪽
지를 다시 접는다. 다른 복도를 내
려간다. 은빛 물체가 얼핏 보인다.
공포가 밀려든다. 몇 번이나 의문
의 여지 없이 받아들여졌던 은빛
택시도 복도 모퉁이에 있는 것이
그일까? 누구? 의문의 여지 없이.
누구에게 전화하라고? 하지만 그

건 어머니 번호가 아니다. 그가 숨
을 죽인 장소. 장소들.

시간은 지나간다 시간은 지나가
지 않는다. 시간은 거의 지나간
다. 시간은 대개 지나간다. 시간
은 지나가며 응시한다. 시간은 시
선이 없다. 인내로서의 시간. 굶주
림으로서의 시간. 자연스러운 방
식의 시간. 당신이 여섯 살이었을
때의 시간 그날 산. 산의 시간. 내
가 기억하지 못하는 시간. 골목에
서 당신의 손전등 불빛에 포착된
개를 위한 시간. 비디오가 아닌 시
간. 산 모양으로 접은 종이로서의
시간. 덜거덕거리며 광산으로 들
어가는 광부들의 시선 아래 얼룩
진 시간. 당신이 파산자인 경우의
시간. 프로메테우스인 경우의 시
간. 새로 휘갈겨 쓴 대륙들로 초록
빛이 도는 검은 습기를 빨아들이
는 가시금작화의 뿌리에 있는 작
은 관들인 경우의 시간. 우체국 여
직원이 상사가 돌아오기 전에 우
체국 뒤편에서 립스틱을 바르는
데 걸리는 시간. 소가 넘어지는 데
걸리는 시간. 감옥에서의 시간. 옷

장 속 외투로서의 시간. 얼음 위에
서 미끄러지며 놀라는 칠면조 무
리의 시간. 여기 벽들 속으로 흡수
된 모든 시간들. 작은 딸깍거림들
사이의 시간. 별들의 거칠고 환상
적인 침묵과 비교한 시간. 버스 정
류장에서 한 발로 서서 신발 끈을
묶는 남자를 위한 시간. 밤의 손을
잡고 빠르게 길을 걸어가는 시간.
시간은 지나간다 오 세상에. 시간
이 나를 앞질렀다 그래 그랬다.

그는 그녀의 집 모퉁이 덤불에서
꺾은 라일락을 가져간다. 그녀가
이번엔 아마도 어쩌면 영원히 돌
아가지 못할 집. 그는 꽃에 얼굴
을 댄다. 향기가 달려든다. 수직의
향기. 정복되지 않은 젖은 자주색.
그녀의 병실 문이 닫혀 있다. 천장
등이 깜빡거린다. *라디오 금지 바
비큐 금지 경적을 울리지 마시오*
병원에 오는 길에 본 표지판 그의
마음은 목줄을 벗어난 개처럼 날
뛴다. 결정되지 않았던 몇 가지 일
들이 결정되었다. 그는 그녀의 수
술 다음 날 도착했다. 늘 이 복도
를 보았다. 불빛이 스스로의 빈약
함에 그가 충격을 받지 않도록 배
려라도 하듯 다시 망설임을 보인
다. 그는 문 너머 산소발생기 소리
를 들을 수 있다. 산소 분배가 시
작된다. 한동안 이어진다. 끝난다.
그는 들어간다.

그가 거기 있을 때 그들은 돌들을 함께 든다. 돌들은 그녀의 폐들이 다.

라우셴베르크(rauschenberg) 같은
단어는 그가 종이에서 펜을 들지 않는 걸 허용한다. 근본적으로 더 힘껏 누르게 한다. 글쓰기 자체는 이제 그가 좋아하는 일이다 정신적 행위 육체적 행위. 그는 다른 일들을 하거나 사람들과 이야기하는 동안에도 항상 글쓰기에 대해 생각한다 머릿속으로 문장을 구성하고 그러다 보면 흰색을 멀리할 수 있다. 그는 하나의 흐름을 다른 흐름으로 막을 수 있으며 그 흐름 속에서 마치 갈대밭의 백조처럼 빙 둘러 다닌다 그의 이마 속에서 계속해서 행성들의 비를 내리는 두통도 빙 둘러 간다. 그는 연극의 무익함을 고려하여 희곡을 소설로 다시 쓰고 있다. 전화벨이 울린다. 그는 그 소리가 멎기를 기다렸다가 침대 옆 서랍에 모텔 성경책과 함께 둔다. 딱 맞는다. 그는 미소를 짓는다. 어렸을 때 횡단보도 교통 도우미 활동을 무척 좋아했는데 그보다 더 좋았던 게

벨트를 접는 것이었다. 직사각형 모양으로 깔끔하게 접은 벨트를 하루에 두 번 라커에 두는 것이 그에겐 학창 시절의 가장 강렬한 기억이었다. 그는 서랍을 닫는다. 난 아무 쓸모도 없고 위안도 안 될 거야 다른 사람들이 병원으로 출발할 때 그가 G에게 말했다. 가까워진 죽음은 그를 웃게 한다. 그도 어쩔 수가 없다. 뭐라고 설명할 수도 없다. 그것이 모두에게 상처를 준다. *나의 유명한 박애 정신* 그는 검은 TV 화면에 비친 자신을 멍한 눈으로 흘낏 보며 말한다.

죽음 아니다 냄새 아니다. 바다
의 피와 똥 아니다. *아무한테도 나*
*의 이런 꼴을 보여선 안 돼*가 그
녀의 주된 걱정거리다. 그래서 그
는 다른 사람들이 도착하기 전에
그녀에게 화장을 해주고 등을 받
쳐 앉히고 방을 환기시킨다. 여기
새드와 이다가 침대 근처에 어색
하게 서 있고 G는 창문 근처에 있
다. 여행은 어땠어 그녀가 누구에
게랄 것도 없이 말한다. 그녀의 침
대는 쾌속정만큼 크고 시트 속 그
녀는 한 줌의 잔가지다. 그녀는 눈
을 뜨고 있지만 시선이 아래를 향
하고 있다. 그들 모두가 동시에 대
답한다. 용암. 폭포. 해변. 채터마
크.* 바람. 흰색. 얼음. 그 신발들
은 무슨 색이지 검정인가 회색인
가? 그녀가 생각에 잠겨서 말한
다. 그들 모두 주춤거린다. 회색
이에요 이다가 말한다. 아울렛에
서 샀어요. 나중에 그들은 그녀에
게 사진들을 보여준다. G는 맴도
는 구름 형상의 얼음 박쥐 무리 속

* chattermark - 빙하가 지나간 암석 표면에 나타나는 곡선형의 작은 단열.

에서 날고 있는 자신의 사진을 특
히 자랑스러워한다. 빨강과 검정
의 구성이 거의 오페라풍이다. 그
녀가 그걸 들여다본다. 왜 그 안경
을 꼈니? 그녀가 말한다. 시간이
더 지난 후 그녀의 저녁 식사가 들
어온다. 그녀는 젤리 일부를 왼쪽
으로 밀어놓는다 도로 제자리로
밀어놓는다. 무력한 분노로 가득
한 듯하다. 갑자기 기진맥진해졌
다. 저흰 이만 가봐야겠어요 그들
은 코트를 가지러 가며 말한다. 하
지만 그녀가 시선을 든다. 오늘 네
진주 목걸이를 집에 두고 왔어.

그녀의 목소리는 투명하게 비칠
정도로 가늘다. 그녀는 그를 깜짝
놀라게 했다 그는 대답하지 않는
다. 물론 그는 그 진주 목걸이를
기억한다. 그 진주 목걸이는 도마
뱀가죽 바지와 어울렸다. 그가 대
담했던 해였다 단순히 악영향을
미치는 존재가 아니라 *스스로 사
자가* 되기로 결심한 해였다. 그가
아름다움(그 자신의)과 그 힘을 발
견한 해. 도마뱀가죽 바지 여자 친
구들 남자 친구들 그에겐 LSD 환
각제와 선더버드 와인과 고물 폭
스바겐 카르멘 기아가 있었다. 그
의 아버지는 말없이 그가 오가는
걸 지켜봤다. 그의 어머니는 초조
한 미소를 보였다. 그와 어머니는
그가 집을 떠나기 전 여름에 멋진
오후를 함께 보낸 적이 있었다 그
들이 왜 호숫가를 따라 차를 몰고
가면서 호화로운 집들을 구경하
고 그 집들의 설계에 대해 논하게
되었는지 지금은 기억이 나지 않
는다. 그녀는 설계에 대해 날카로

운 견해를 갖고 있었다. 그들은 창
문 테두리에 흔히 쓰이는 특정한
색조의 어두운 노랑을 좋아했다.
유리를 끼운 포치도 좋아했다. 집
가까이에 나무를 심는 것은 좋아
하지 않았다. 차창을 전부 열고 있
었고 그들의 머리칼이 날렸다. 그
는 그날 그녀와 함께 있으면서 전
인적 인간이 된 듯한 기분을 느꼈
다. 어쩌면 차 때문이었는지도 모
른다―평화롭게 나란히 앉아 말
을 하거나 하지 않으며 시간이 창
문들로 들어오고 나가도록 내버
려두었으니까. 집에서는 그들 모
두 답답하게 막힌 연극과 잘못된
얼굴들에 갇혀 있는 듯했다. 하지
만 지금 침대 위의 조그만 어머니
가 그를 빤히 쳐다보고 있다. 진
짜로 어떻게 지내니? 그녀가 말한
다. 힘들어요 그가 말한다. 도움
은 받고 있니? 조금은요 그가 말
한다. *더 나은 도움을 받아* 그녀
가 마지막 남은 목소리로 말하고
그는 하마터면 절을 할 뻔한다. 예

부인 그가 말한다 그리고 잠시 자
신이 그렇게 할 거라고 믿는다. 그
녀는 눈을 감는다. G가 문가에서
그 대화를 지켜보고 있다. 나가는
길 알아? 그가 새드에게 말한다.
그들은 퇴장한다.

가벼운 고독이 아니다. 그와 그녀. 산소발생기가 굴러 들어오고 연결된다. 그녀의 눈꺼풀이 펄럭거리지만 눈을 뜨진 않는다. 그는 앉는다. 방이 덥다. 냄새가 난다. 프루스트는 이에 대한 동사를 갖고 있을까. 이 고투 그녀는 이제 밤과의 단 한 번의 끔찍한 데이트를 대면하고 있다. 첫 데이트 마지막 데이트 소울-메이트. 옛 노래의 가사가 그의 마음속을 스쳐 간다. 그는 의자를 도로 창가로 옮긴다. 그녀는 세고 있다 나의 소울메이트 내 심장을 빠르게 뛰게 하는 헐떡거림을. 산소, 그는 깜빡 잠이 든다. 그녀의 열렬한 시선에 깬다. 그녀가 눈을 활짝 뜨고 있다. 그녀는 한 손에는 화장 거울을 다른 손에는 핀셋을 들고 있다. 이거 그녀가 속삭인다. 핀셋을 높이 든다. 어쩌면 넌 할 수 있겠구나. 그녀의 턱 끝을 톡톡 친다. 그는 망설인다 어깨를 으쓱한다 의자를 끌어당기고 화장 거울을 받아 들

고서 자세히 들여다본다. 아주 작
고 흰 반투명의 털들로 이루어진
턱수염이 그녀의 턱을 뒤덮고 있
다. 그는 산소마스크를 옆으로 옮
기고 조심스럽게 몇 올을 뽑는다.
몇 올을 더 뽑는다. 수백 수천 올
은 된다. 그는 그녀가 움찔하는 걸
기다리기가 싫다 그녀는 움찔하
지 않는다. 괜찮아요 엄마 잘 보이
지도 않는걸요 그가 말한다. 그녀
가 시선을 떨군다. *그래 신경 쓰지
마.* 그녀는 슬프게 핀셋을 도로 가
져간다. *나 몰골이 말이 아니지 그
렇지.* 아뇨 우리 엄마처럼 보여요.
이제야 그녀는 움찔한다. 나중에
그는 이 기억이 사라져서 다시는
돌아오지 않기를 바라게 된다. 그
리고 그가 그녀의 죽음을 견딜 수
없는 건 그녀의 상실(미래의 일인)
때문이 아니라 죽음이 그들 두 사
람을 (지금) 이렇게 무방비의 상태
로 몰아넣기 때문이다 그걸 *용서
할 수 없다.* 그들은 그걸 용서하지
않는다. 그가 고개를 돌린다. 그의

품속에서 아우성치는 공기. 그녀
는 해방된다.

황소들이 나무 아래 조용히 서 있다. 이오는 눈을 감고 있다. 맥헤크는 제복 차림이다. 이다는 스포츠코트를 세탁했다. 바람 센 빨강 저녁이다. 사제가 고인의 훌륭한 삶 그녀의 모범적인 아들 하나님의 궁전에 있는 그녀의 영혼에 대해 이야기한다. 급히 모인 성가대가 '아베 마리아'를 시도한다. 관이 교회 뒷문으로 실려 나가 기다리고 있던 밴에 옮겨진다 누군가 밴 문을 닫는다 G는 밴이 달려가는 걸 지켜본다. 그리고 자유가 그를 멍하게 만든다. 여기 거대한 수 사슴들이 자유롭게 뛰노는 약속된 빈터가 있다. 한 남자가 그동안 자신의 삶 앞에 어머니를 달고 다니다가 이제 어머니가 떨어져나갔고 이제 그의 삶은 공기처럼 가볍다고 하자―그가 그걸 믿어야 할까?

새로운 성인(成人)의 밤이 얼굴을 돌린 채 도시 가장자리에서 떠다 닌다―그가 그것을 손짓해 불러 야 할까? 이 모든 게 속임수일까? 죽음은 하나의 사적인 사건(호흡) 이 모든 짐승들을 지배하는 법칙 으로 오해되는 걸 재미있어하며 어슬렁거리는 걸음으로 떠날까? 어리석은! 어리석은 법칙! 당신 앞에 쌓인 시간들을 보라 햇빛에 반짝이는 시간의 더미들을―그 안으로 손을 뻗으면 그녀가 거기 있을 것이다 *어딘가에* 어쩌면 부 엌 식탁에서 빨강 벨루어 목욕 가 운을 걸치고 쿠폰 위로 몸을 숙이 고 담배를 향해 손을 뻗으며 그는 반쯤 뒤돌아본다―하지만 그곳 엔 교회 성구 보관실의 망사문과 한 줄로 늘어선 쓰레기통들과 자 전거 한 대뿐이다. 바야흐로 어떤 크고 늙은 검정 까마귀가 몸을 던 져 날아간다.

그래 너 버스 시간이 언제야 / 자정 / 터미널까지 배웅할게 / 가다가 뭐 좀 먹으면 되겠다 / 레이스(Ray's) 열려 있나 / 레이스는 항상 열려 있어 / 오래전부터 누군가에게 묻고 싶었던 게 있는데 나한테 늘 일어나는 일이야 / 그게 뭔데 / 가로등 아래를 걸어가는데

어두워지는 거야 가로등이 그냥 쉬익 소리를 내며 어두워져 / 나도 그래 / 그게 어떤 의미를 지닐까 / 모르겠어 / G는 어디 있어 / 집으로

돌아갔어 / 뭐 하려고 / 정리 / 우리도 갈 수 있었는데 / 혼자가 나을 거야 / 물어볼 게 또 있어 / 물어 / 안초비 좋아해 / 아니 / 그럼 파이 하나 시켜서 나눠 먹자 배고파 죽겠어 / 좋아 / 있잖아 우리 아빠가 우리 집 모퉁이에 스톱모션 카메라를

설치한 적이 있어 우리가 거기 없
을 때 바람도 보고 고양이들이 오
가는 것도 보려고 / 너희 아빠는
불타는 뇌를 가진 그런 분 같아 /
오 그랬지 / 그러고 보니

생각나는 게 있네 / 뭔데 / 내가
우는 동안

*그녀는 노래를 부르네 내가 귀 기
울이면 그녀는*

*노래를 그치네** 시의 한 구절이
야 / 쩐다 / 쩐다고 했어 / 응 / 이
다 너 진짜 웃겨 / 내가 그런가 /
오늘 레이스에서 원 플러스 원 행
사하는 날이지 / 그럼 좋겠는데

---

* "내가 우는 동안 그녀는 노래를 부르네 / 내가 귀 기울이면 그녀는 노래를
   그치네", 에밀리 브론테의 시 〈희망〉 중에서.

부엌 서랍에 든 영수증들 쿠폰들
별점들을 정리하다가 근사한 수
영복을 입고 오래전의 어느 뒤 베
란다에서 포즈를 취하고 있는 그
녀의 낡은 흑백사진을 발견한다.
그리스 쿠로스* 처럼 한 발을 앞으
로 내밀고 반대쪽 손에 담배를 들
었다 그녀는 햇살을 받은 물방울
처럼 반짝인다. 그녀는 그를 질겁
하게 만들 정도로 성적으로 영악
해 보인다 그는 사진을 옆으로 밀
쳐두지만 별안간 그 선명하지 못
한 사진 그에게 던져진 그녀의 젊
은 시절의 경이로움 그 믿기 어려
운 일에 무릎을 꿇는다! 그는 양
팔을 껴안고 운다. 아픔이 그의 배
속 전체를 쥐어짠다. 묘하게도 지
금 할머니 집 식기실 젖은 판자들
로 된 받침대 위 빨래 대야들 옆
에 똑바로 서 있던 은녹색 탈수 세
탁기가 떠오른다. 할머니는 핸들
을 돌리며 그에게 롤러의 커다란
두 입술 사이로 물이 뚝뚝 떨어지
는 빨래를 집어넣는 법을 세심하

* kouros - 청년의 알몸 조각상.

게 가르쳐줬고 그 입술에 물려 앞
쪽으로 들어간 빨래는 반대편에
서 저절로 괴상한 압축판이 되어
서 나왔다. 그는 할머니를 오랫동
안 알지도 잘 알지도 못했다. 그
녀에게선 노그제마* 냄새가 났다.
그녀는 의사를 좋아하지 않았다.
약초와 성경을 믿었다. 사도들이
길을 걸어가면 그들의 그림자가
사람들을 고쳐줄 거라고 말했다.
그의 어머니가 할머니의 죽음에
대한 이야기를 들려준 적이 있었
다. 그들은 서로를 좋아하지 않았
고 수년간 왕래도 없었지만 누군
가 전화를 연결해주었다. 그리하
여 어머니와 딸이 따로 떨어진 도
시에서 따로 떨어진 밤에 통화를
하게 되었는데 둘 다 천식을 앓았
고 너무 감격해서 말을 할 수가 없
었다. 나는 어머니 숨소리를 들었
어 나는 그게 뭔지 알았지 그의 어
머니가 말했다. 그는 시선을 들었
다. 그는 비에 대해 거의 잊고 있
었다. 지붕에 짐을 내려놓고 홈통

* Noxzema - 미국 녹셀사의 화장품 상품명.

으로 흩어져 내려가는 비. 장례식 이후 계속 내리는 비 파괴하는 우당탕거리는 당혹스러운 레테의* 주먹질 비의 무리. 아무런 지시가 없는 비.

---

* Lethe-고대 그리스 신화 속 망각의 강.

빗소리를 들으며 그는 비의 표면이 미끄러져 올라가는 것처럼 들리는 게 얼마나 이상한지에 대해 생각한다. 어머니가 흠뻑 젖은 작은 샤넬 정장을 입고 저 밖에 누워 있는 건 얼마나 이상한 일인가. 울음은 약 7분 간격으로 찾아오고 있었다. 시일이 지나면 줄어들 것이다.

명석한 아내

여름의 어머니들

겨울의 어머니들

가을의 어머니들

봄의 어머니들

고지의 어머니들

고독한 어머니들

상투어로서의 어머니들

봄의 어머니들

뱅크 샷을 하는 어머니들

목으로 찌르레기 소리를 내는 어머니들

자신의 배(boat)에서 버려지는 어머니들

봄에

얼음 같은 어머니들

혹은 다정할 때

아무도 더 다정할 수 없는

봄에

어머니들 부끄러워하고 격노하고 분명한

결국

있는 그대로의 모습으로
거의 전부 있는 그대로의 모습으로, 그다음엔
다시는 돌아오지 않는 어머니들
봄에

비는 모든 것의 모든 면을 때린
다. 그녀의 진파랑 옷이 나부낀다.
그녀의 역사가 혈관들을 따라 질
주하고 그녀의 기둥 위에서 균형
을 잡는다. 또 하나의 오래된 새벽
으로 바뀌는 밤의 목뼈들에 이제
익숙하다. 다른 이들의 삶 속에 매
달려 있으면서 아직 아닌 것에 익
숙해진다. 엎질러지지 않은 사랑
의 잔 완벽한 악취 그들에 대한 모
호한 지식을 가진 그녀. 가벼운 울
림소리와 콧소리와 통제 불가능
한 떨림 손재주 고양이를 괴롭히
는 성향을 가진 그들. 위협하는 것
위협당하는 것이 그들에겐 중독
성을 지닌다. 그녀는 발바닥이 찢
어진 고양이를 본 적이 있다. 그럼
에도 그들은 서로의 눈물이나 땀
을 닦아준다 그들은 즐거운 나날
들을 보낸다 그들은 눈 속에서 뒹
군다. 조심하는 게 상책이다. 운은
꼭 필요하다. 희망은 의문이다. 길
을 따라 내려가다가 그녀는 한 남
자가 자신의 집 마당에 속옷 바람

으로 서서 비를 올려다보고 있는
걸 본다. 그래, 모든 날이 걸작일
수는 없다. 이 날은 출항한다 멀리
더 멀리.

옮긴이의 말

캐나다 출신의 시인이자 에세이스트 앤 카슨은 고전을 소재로 포스트모던한 감성과 스타일을 지닌 심오하고 기발한 작품들을 써온 현대시의 거장이다. 고전은 그녀에게 문학적 영감의 원천이었고, 포스트모더니즘은 그녀의 작품들이 장르의 경계를 넘어 높이 날아오를 수 있게 해준 날개였다.

먼저 앤 카슨에겐 고전이 있었다. 그녀는 작가이기에 앞서 고전학자였다. 1950년 캐나다 토론토에서 태어난 앤 카슨은 어릴 적 은행에 근무하는 아버지의 잦은 전근으로 자주 이사를 다녀야 했고, 그러다 보니 친구들을 사귀기가 어려웠다. 그런 외로움은 그녀에게 견디기 힘든 시련이었지만, 그 덕에 고등학교 시절 처음 그리스 고전을 접했을 때 그 세계에 더 강하게 매료되었다. 그녀는 고대 그리스어를 처음 접한 순간 그것이 최고의 언어임을 직관적으로 깨달았으며, 대학에서 그리스어를 전공하여 박사 학위를 받았다.

그렇게 그녀는 30년 넘게 맥길, 프린스턴 대학 등에서 고전을 연구하고 가르치는 고전학자로 살아오면서 고전의 세계에서 완전한 기쁨을 누릴 수 있었다. 그녀는 고대 그리스 작가 에우리피데스와 아이스킬로스의 비극들을 번역하여 책으로 엮어낸 고전 번역가이기도 하다. 그녀에게 고전은 삶의 중심이었기에 그녀가 고전에서 문학적 영감을 얻게 된 건 자연스러운 귀결이었다.

앤 카슨은 그리 이른 나이는 아닌 30대 중반이 되어서야 작가로서 첫 작품을 출간하는데, 《에로스 더 비터스위트Eros the Bittersweet: An Essay》(1986)라는 제목의 이 작품은 고대 그리스의 에로스 개념을 당대의 시들을 통해 짚어낸 에세이집이다. 그리고 앤 카슨의 가장 주목할 만한 작품으로 꼽히는 《빨강의 자서전Autobiography of Red》(1998)도 고전 《게리오네이스》에서 모티브를 얻은 '시로 쓴 소설'이다. 2010년 작 《녹스NOX》(2010) 역시 로마의 서정시인 카툴루스의 번역시들을 담고 있으며, 2013년에

출간된 《빨강의 자서전》의 후속작 《레드 닥> Red Doc>》 또한 고전적 뉘앙스가 강하다. 이렇듯 고전에 대한 해박한 지식과 이해는 앤 카슨 문학의 근간을 이룬다.

앤 카슨은 매우 실험적인 글을 쓰는 작가이며, 이는 장르와 스타일의 경계를 허물고 잡종성과 복합성의 미학을 제시한 포스트모더니즘의 정신과 일맥상통한다. 삶에서 가장 두려운 것은 지루함이고 지루함을 피하는 것이 인생의 과업이라고 말하는 그녀의 창작은 늘 파격적이고 독창적이다. 장르를 자유로이 넘나들며 열정과 카리스마를 뿜어낸다. 앤 카슨의 시는 단순히 시의 영역에만 머물러 있지 않는다. 시의 형태를 가진 소설이 되기도 하고(《빨강의 자서전》), 탱고 형식의 허구적 에세이가 되기도 하며(《남편의 아름다움The Beauty of the Husband》), 번역의 형식이 되기도 한다(《녹스》).

작품의 내용뿐 아니라 책의 디자인도 파격적이어서 저자의 손 글씨를 담거나(《안티고닉Antigonick》), 아코디언처럼 펼쳐지는 상자 모양 책을 만든다(《녹스》). 또한 머스 커닝햄 무용단, 행위예술가 로리 앤더슨, 록 가수 루 리드, 시각예술가 킴 아노 등 다른 예술 분야 거장들과의 공동 작업을 통해 작품의 지평을 넓혀가는 노력을 쉬지 않는다. 그리하여 그녀의 시들은 종이 위에 얌전히 머물러

만 있지 않고 무대에서 춤, 음악과 어우러지고 미술 작품으로 재탄생한다. 고전이 그녀의 거침없는 상상력을 통해 가장 현대적인 모습으로 되살아나는 것이다. 고전학자이며 실험 정신으로 충만한 작가 앤 카슨만이 이룰 수 있는 찬란한 성과다.

앤 카슨은 고대 그리스 최초의 서정시인 스테시코로스의 《게리오네이스》를 번역하다가 영웅 헤라클레스에게 죽임을 당하는 빨강 섬의 머리 셋 달린 괴물 게리온의 이야기를 소설로 재구성해보기로 결심한다. '시로 쓴 소설'이라는 부제를 단 《빨강의 자서전》의 탄생 배경이다. 이 작품에서 앤 카슨은 무대를 현대 캐나다로 옮기고 괴물 게리온을 날개 달린 외톨이 소년으로 둔갑시킨다. 날개로 상징되는 자신의 괴물성에 갇혀 섬처럼 고립되어 살던 게리온은 매력적이고 카리스마 넘치는 소년 헤라클레스를 만나 사랑에 빠지면서 삶과 예술에 눈뜨고, 비로소 빨강 날개로 당당히 날게 된다.

그렇게 한 소년의 영웅적인 성장기가 마무리되고 15년이 지난 후, 게리온과 헤라클레스의 재회와 그다음 이야기가 담긴 《레드 닥>》이 나온다. 앤 카슨은 문득 게리온과 헤라클레스가 어떻게 되었을지 궁금해져서 이 작품을 구상하게 되었다고 한다. 열네 살 때 자신보다 두 살 많은 헤라클레스를 만나 스무 살에 결별한 게리온은 이제 중년이 되었고, 이름은 그냥 G다. 그는 신화 속 게리온처럼 소떼를 돌보고 있고, 어릴 적부터 야심 차게 썼던 자서전은 그의 삶에 아무 일도 일어나지 않아서 포기했으며, 《잃어버린 시간을 찾아서》의 프루스트와 러시아 초현실주의 시인 다닐 카름스가 빈번히 출몰하는 정신세계에서 살고 있다.

세월과 함께 시들어가던 그는 우연히 헤라클레스와 재회한다. 아름답고 방탕한 헤라클레스는 군인이 되었다가 (그의 말에 따르면 "사람들이 나를 보내버리는 게 낫겠다고 생각"해서) 모종의 충격적인 사건으로 인해 정신이 완전히 망가져서 제대한 뒤 외상 후 스트레스 장애에 시달리고 있다. 이제 그의 이름은 새드(Sad But Great, 슬프지만 위대한)가 되었다. 다시 만난 G와 새드는 차를 몰고 북쪽으로 달린다. 《빨강의 자서전》에서 스무 살 청춘이었던 그들이 남미로 갔던 것처럼 이제 인생의 절정기를 지난 중년의 남자들이 북쪽으로 향하는 건 자연스러운 일이다. 북쪽에서는 매서운 바람과 빙하가 그들을 기다리고 있고 그곳의 정신병원도, 친구들도 그들에게 위안이 되기는커녕 고통만 가중시킬 뿐이다. 하지만 그 차가운 땅에도 결정적인 순간들에 G의 추락을 막아주는 "토스터만큼 큰" 얼음 박쥐들이 있어 삶과 희망은 명맥을 이어간다.

앤 카슨의 작품들은 기발하고 난해하다는 평을 많이 듣는데 그건 장난기에 가까운 극도의 개방성과 무작위성의 결과라고 할 수 있다.《레드 닥>》도 제목부터 장난스럽다. '레드 닥' 뒤에 붙은 생뚱맞은 화살괄호(>)는 그녀의 워드프로세서 파일명에 자동으로 생성된 기호를 그대로 쓴 것이라고 한다. 신문 기사 같은 긴 띠 모양의 본문 디자인 역시 그녀가 컴퓨터 버튼을 잘못 눌러 좌우 여백이 너무 많이 생긴 걸 그대로 채택했다고 한다. 구두점의 사용 또한 몹시도 임의적이어서 쉼표는 찾아볼 수가 없고, 물음표는 거의 생략되었으며, 마침표마저도 간간이 자리를 비운다. 이야기의 흐름 또한 종잡없는 꿈이나 무의식처럼 돌연하고 불규칙적이다.

앤 카슨은《빨강의 자서전》서두에서 단편들(fragments)의 형태로만 남아 있는《게리오네이스》에 대해 "스테시코로스가 긴 이야기시를 쓴 후 갈기갈기 찢어서 그 쪼가리들을 노래 가사, 강의 노트, 고기 부스러기들과 함께 상자 속에 묻어둔" 듯하다고 말하는데, 이 자유분방한 작품 또한 그런 기분을 느끼게 한다. 독자 스스로 상자 속에서 갈가리 찢긴 쪼가리들을 꺼내 퍼즐 조각처럼 맞추는 공을 들여야만 할 듯하다. 문학 작품은 일단 작가의 손을 떠나 세상에 나오면 독자들에 의해 새롭게 해석되고 재창조된 다는 점에서, 이 작품은 열정적인 창조 행위로서의 독서 를 즐길 기회를 독자들에게 선사하리라 기대된다.

민승남

옮긴이 **민승남**

서울대학교 영어영문학과를 졸업하고 현재 전문 번역가로 활동 중이다. 옮긴 책으로 앤 카슨의 《빨강의 자서전》, 《남편의 아름다움》, 앤드류 솔로몬의 《한낮의 우울》, 메리 올리버의 《완벽한 날들》, 애니 프루의 《시핑 뉴스》, 리사 제노바의 《스틸 앨리스》, 스티븐 갤러웨이의 《상승》, 알리 스미스의 《우연한 방문객》, 조이스 캐럴 오츠의 《멀베이니 가족》, 앤 엔라이트의 《개더링》, 퍼트리샤 하이스미스의 《당신은 우리와 어울리지 않아》, 유진 오닐의 《밤으로의 긴 여로》, 에인 랜드의 《아틀라스》, 니코스 카잔차키스의 《알렉산드로스 대왕》 등 다수가 있다.

레드 닥>

초판 1쇄 인쇄 2019년 11월 28일
초판 1쇄 발행 2019년 11월 30일

지은이 앤 카슨
옮긴이 민승남
펴낸이 이상훈
편집인 김수영
본부장 정진항
문학팀 김준섭 정선재 김수아
마케팅 조재성 천용호 박신영 조은별 노유리
경영지원 정혜진 이송이

펴낸곳 한겨레출판㈜ www.hanibook.co.kr
등록 2006년 1월 4일 제313-2006-00003호
주소 서울시 마포구 창전로 70(신수동) 화수목빌딩 5층
전화 02) 6383-1602~3 팩스 02) 6383-1610
대표메일 munhak@hanibook.co.kr

ISBN 979-11-6040-327-5 03840

- 책값은 뒤표지에 있습니다.
- 파본은 구입하신 서점에서 바꾸어드립니다.

만든 사람들
편집 김준섭 교정 박나래 디자인 송윤형

>

앤 카슨은 시와 드라마, 서사를 경탄스
러울 만큼 독창적으로 버무려《빨강의
자서전》의 빨강 날개 달린 게리온을 현
대의 복잡한 미로를 거쳐 이제 'G'라고
불리는 성년으로 데려온다. 우리는 친구
이자 연인이며 참전용사인 '새드'(새드
벗 그레이트의 약칭), 그리고 그림을 그리
는 이다와 함께 지리적으로 빙하의 평
원과 목가적인 초록 목초지를 넘나드는,
정신병원에서부터 G의 어머니가 죽음을
맞이해야 하는 우울한 집에 이르는 여정
에 합류한다. 프루스트가 출몰하고, 날아
오름에의 욕망과 가족과 집에 대한 갈망
이 나란히 놓인 이 심오하고 강력한 시
적 피카레스크 소설은 독자들을 지적이
고 상상력이 넘치며 영혼이 깃든 경이로
운 여행으로 초대한다.